CARAMBAIA
10 ANOS

ilimitada

Amos Tutuola

O bebedor de vinho de palma
e seu finado fazedor de vinho
na Cidade dos Mortos

Tradução e posfácio
FERNANDA SILVA E SOUSA

9   **O bebedor de vinho de palma**
    e seu finado fazedor de vinho
    na Cidade dos Mortos

    ▪ ▪   ▪

119 Posfácio do autor: Minha vida e atividades
125 Posfácio: "A existência é" – Os caminhos de
     O bebedor de vinho de palma, de Amos Tutuola,
     por Fernanda Silva e Sousa

O bebedor de vinho de palma
e seu finado fazedor de vinho
na Cidade dos Mortos

Eu era um bebedor de vinho de palma desde os 10 anos. Não fazia mais nada na vida além de beber vinho de palma. Naquela época a gente não conhecia outro dinheiro a não ser os BÚZIOS, então era tudo muito barato, e meu pai era o homem mais rico da nossa cidade.

Meu pai teve oito filhos e eu era o mais velho, todos muito trabalhadores, mas eu mesmo era um bom bebedor de vinho de palma. Eu bebia vinho de palma de manhã até de noite e de noite até de manhã. Àquela altura eu não conseguia beber água pura de jeito nenhum, só vinho de palma.

Mas quando meu pai percebeu que eu não conseguia fazer mais nada além de beber, ele contratou um fazedor de vinho de palma pra mim; o trabalho dele era só extrair vinho de palma, todo dia.

Então meu pai me deu uma fazenda de palmeiras que tinha mais de 2.300 hectares e 560 mil palmeiras, e esse fazedor enchia 150 barris de vinho de palma toda manhã, mas antes das duas da tarde eu já tinha bebido tudo; depois disso, ele ia lá e enchia mais 75 barris que eu ficava bebendo até de manhã. Nesse período eu tinha um monte de amigos que ficava bebendo vinho de palma comigo de manhã até tarde da noite. Mas depois de quinze anos de trabalho do meu fazedor de vinho, meu pai morreu de repente e quando completou seis meses de sua morte o fazedor foi até a fazenda de palmeiras num domingo à noite extrair vinho de palma pra mim. Quando chegou lá, ele subiu numa das palmeiras mais altas que tinha para extrair vinho de palma, mas enquanto extraía ele caiu do nada e morreu no pé da palmeira por causa dos machucados. Estava esperando ele trazer o vinho de palma quando percebi que ele estava demorando demais para voltar, pois nunca foi de me deixar esperando tanto tempo assim antes, daí eu chamei dois amigos para me acompanhar até a fazenda. Quando chegamos na fazenda, começamos a vasculhar cada palmeira e, passado um tempo, encontramos ele debaixo da palmeira onde ele tinha caído e morrido.

E a primeira coisa que eu fiz quando achamos ele morto ali foi subir em outra palmeira que tinha perto do local, daí extraí vinho de palma e bebi até ficar satisfeito antes de voltar lá. Eu e os dois amigos que me acompanharam até a fazenda abrimos um buraco debaixo da palmeira onde ele caiu pra fazer uma cova e enterramos ele ali, depois disso voltamos para a cidade.

De manhã bem cedinho eu não tinha vinho de palma para beber de jeito nenhum, e durante aquele dia inteiro eu não me senti feliz igual antes; fiquei sério, sentado na minha sala, e quando deu três dias sem vinho de palma algum, meus amigos todos não vieram mais na minha casa, eles me deixaram sozinho porque não tinha mais vinho de palma pra beber.

Mas depois de uma semana sem vinho de palma em casa eu saí e vi um deles na cidade, daí eu cumprimentei, ele respondeu, mas não se aproximou de mim de jeito nenhum e foi embora às pressas.

Comecei então a procurar outro fazedor de vinho, mas não consegui ninguém que extraísse o vinho de palma do jeito que eu gosto. Quando não tinha vinho de palma para beber eu bebia água pura, que eu não conseguia beber antes e que não matava a minha sede como o vinho de palma.

Quando vi que não tinha vinho de palma pra mim de novo e ninguém podia extrair pra mim, daí pensei comigo mesmo que os velhos ficavam dizendo que todo mundo que morre nesse mundo não vai direto pro céu, mas fica morando num lugar em algum canto desse mundo. Daí eu disse que ia descobrir onde estava meu finado fazedor de vinho.

Numa manhã muito bonita, peguei todos os meus *jujus*[1] e os *jujus* de meu pai e saí da cidade natal dele para descobrir onde andava o meu finado fazedor.

Naquela época havia muitos animais selvagens e todo lugar era cheio de matas fechadas e florestas; e cidades e vilarejos não ficavam tão perto uns dos outros como hoje, e enquanto eu andava de mata em mata e de floresta em floresta dormi por muitos dias e noites nos galhos das árvores porque os espíritos etc. eram como parceiros, mas também para me proteger deles. E eu podia passar dois ou três meses ali antes de chegar numa cidade ou num vilarejo. Toda vez que eu chegava numa cidade ou num vilarejo, eu passava quase quatro meses lá tentando encontrar meu fazedor de vinho entre os habitantes da cidade ou do vilarejo, e se ele não aparecia, daí eu ia embora e continuava minha jornada para outra

---

1 Comum em países do oeste africano, como na Nigéria, *jujus* são objetos sacralizados por rituais e poderes divinos, detentores de uma energia que pode ser acionada, como um feitiço lançado, para atingir algum propósito ou provocar alguma transformação. Amuletos, patuás, mascotes são exemplos de objetos que podem ser *juju*, desde que tenham sido sacralizados por sacerdotes ou curandeiros. O portador de um *juju* fica protegido contra infortúnios e espíritos ruins. [NOTA DA TRADUTORA]

cidade ou vilarejo. Depois de sete meses que eu tinha deixado minha cidade natal, cheguei numa cidade e fui até um velho, esse velho não era um homem de verdade, era um deus e quando cheguei lá ele estava comendo com a esposa. Quando entrei na casa cumprimentei os dois, eles me trataram bem, se bem que ninguém devia entrar na casa dele daquele jeito pois ele era um deus, só que eu também era um deus e um homem-*juju*. Daí falei pro velho (deus) que eu estava procurando o meu finado fazedor de vinho de palma, que tinha morrido na minha cidade tempos atrás, ele não me respondeu nada, mas perguntou primeiro qual era o meu nome. Respondi que meu nome era Pai dos Deuses e que podia fazer de tudo nesse mundo, daí ele perguntou: "Isso é verdade?", e eu disse que sim; depois ele me falou para ir até o ferreiro local de sua confiança num lugar desconhecido, ou que estava morando em outra cidade, e trazer exatamente a coisa que ele tinha pedido pro ferreiro fazer. Ele disse que se eu conseguisse trazer a coisa que ele tinha pedido pro ferreiro fazer, aí ele ia acreditar que eu era o Pai dos Deuses Que Podia Fazer de Tudo Nesse Mundo e ia me contar onde estava o meu fazedor de vinho.

Assim que esse velho me contou ou me prometeu isso, fui embora, mas depois de andar 1,5 quilômetro usei um dos meus *jujus* e me transformei logo num pássaro enorme e voei de volta pro telhado da casa do velho; e enquanto eu estava em cima do telhado da casa dele, muita gente me viu ali. Elas se aproximaram e olharam para mim no telhado, então quando o velho percebeu que muitas pessoas estavam rodeando a casa e olhando pro telhado, ele e sua esposa saíram de casa e, ao me ver (pássaro) no telhado, ele disse pra esposa que se não tivesse me mandado até o ferreiro local para trazer o sino que ele pediu pro ferreiro fazer, ele ia me pedir para dizer o nome daquele pássaro. No mesmo instante que ele falou isso, eu soube o que ele queria do ferreiro e voei até o ferreiro, daí quando cheguei lá eu contei pro ferreiro que o velho (deus) me falou para trazer o sino que ele tinha mandado fazer. Aí o ferreiro me deu o sino; depois voltei até o velho com o sino e quando ele me viu com o sino, ele e a esposa ficaram surpresos e chocados na hora.

Depois ele pediu pra esposa me dar comida, mas após eu ter acabado de comer ele me disse de novo que ainda tinha outro trabalho maravilhoso para eu fazer antes de me falar onde estava o meu fazedor de vinho de palma. Às seis e meia da manhã do dia seguinte, ele (deus) me acordou e me deu uma rede grande e forte que era da mesma cor da terra da cidade. Ele me pediu pra sair e tirar a Morte da casa dela com a rede. Quando estava a pouco mais de 1 quilômetro da casa dele, vi uma encruzilhada e fiquei em dúvida quando cheguei na encruzilhada, eu não sabia qual delas era a estrada da Morte, e quando pensei comigo mesmo que era dia de feira, e os fregueses logo estariam voltando da feira, eu deitei no meio da encruzilhada, apontando minha cabeça para uma das estradas, minha mão esquerda para um lado, minha mão direita para o outro, e meus pés pro resto, depois fingi que tinha dormido lá. E quando os fregueses da feira estavam voltando da feira, eles me viram deitado lá e gritaram: "Cadê a mãe desse belo menino que dormiu na estrada e botou a cabeça virada pra direção da estrada da Morte?".

Daí eu comecei a andar na estrada da Morte, e demorei umas oito horas para chegar lá, mas pra minha surpresa eu não encontrei ninguém nessa estrada até chegar lá e fiquei com medo por causa disso. Quando cheguei na casa dela (Morte), ela não estava em casa naquele momento, ela estava em sua horta de inhame, que era muito perto da casa, e eu encontrei um tamborzinho deitado na varanda, daí batuquei pra Morte como um sinal de saudação. Mas quando ela (Morte) ouviu o som do tambor, ela perguntou assim: "Esse homem ainda está vivo ou já morreu?". Então eu respondi: "Eu ainda estou vivo, eu não morri".

E no mesmo instante em que ela ouviu isso de mim, ela ficou muito aborrecida e mandou, com uma voz peculiar, que as cordas do tambor me amarrassem; de fato, as cordas do tambor me apertaram tanto que eu mal conseguia respirar.

Quando eu senti que aquelas cordas não me deixavam respirar e que cada parte do meu corpo estava sangrando muito, eu mesmo ordenei que as ramas do inhame da horta amarrassem ela ali e que as estacas do inhame começassem também a bater nela. Depois que falei isso, todas as ramas do inhame da horta, ao mesmo tempo, amarraram ela com força e todas as estacas de inhame bateram nela sem parar, daí quando ela (Morte) viu que as estacas estavam batendo nela sem parar, ela mandou as cordas do tambor me soltarem, e na mesma hora me soltaram. E quando eu vi que estava solto, mandei as ramas de inhame soltarem ela e as estacas de inhame pararem de bater nela, e logo ela foi solta. Depois de ser solta pelas ramas e estacas de inhame, ela veio até a varanda da casa me encontrar, daí a gente apertou as mãos e ela me convidou para entrar na casa, me arranjou um de seus quartos e passado um tempo me trouxe comida e a gente comeu juntos, depois começou uma conversa que foi assim: ela (Morte) me perguntou de onde eu vinha, respondi que vinha de uma cidade que não era muito longe dali. Aí ela perguntou o que é que eu vim fazer e eu disse que andava ouvindo sobre ela na minha cidade e em todo o mundo e que pensei comigo mesmo que eu devia um dia visitar ela ou conhecer ela pessoalmente. Depois ela me respondeu que seu trabalho era só matar as pessoas do mundo, daí ela levantou e me disse para eu ir atrás dela e eu fui.

Ela me levou para conhecer sua casa e também sua horta de inhame, me mostrou os ossos de esqueletos de gente que ela tinha matado uns cem anos antes e me mostrou muitas outras coisas também, e lá eu vi que ela estava usando ossos de esqueletos de gente como lenha e crânios humanos como tigelas, pratos e copos etc.

Ninguém morava perto dela ou com ela ali, ela morava sozinha, mesmo bichos da mata e pássaros ficavam bem afastados de sua casa. Então, quando eu quis dormir de noite, ela me arranjou uma grande coberta preta e um quarto separado para dormir, quando entrei no quarto encontrei uma cama que era feita de ossos de gente; mas como essa cama era horrível só de ver ou dormir, eu dormi debaixo dela porque eu já conhecia o truque da Morte. Mas essa cama era tão horrível que eu não consegui dormir debaixo dela quando deitei por causa do medo que eu estava dos ossos de gente, daí eu fiquei deitado lá acordado. Minha surpresa foi ver, lá pras duas da madrugada, alguém entrar no quarto com cuidado e com um porrete pesado nas mãos, ela se aproximou da cama onde tinha falado para eu dormir, daí bateu na cama com toda a força, bateu no meio da cama três vezes e voltou com cuidado, ela achou que eu estava dormindo na cama e também achou que tinha me matado.

E aí, de manhã bem cedinho, eu acordei primeiro e fui até o quarto onde ela estava dormindo, eu acordei ela, daí quando ela ouviu minha voz ela se assustou tanto que não conseguiu me cumprimentar de jeito nenhum quando levantou da cama, porque ela pensou que tinha me matado na noite passada.

E no segundo dia que eu dormi lá ela não tentou fazer mais nada, mas eu acordei às duas da madrugada e fui pra estrada que ia me levar até a cidade e andei uns 400 metros da casa dela até a estrada que dava pra cidade, aí eu parei e cavei um buraco do tamanho dela (Morte) no meio daquela estrada, depois joguei naquele buraco a rede que o velho tinha me dado para trazer ela (Morte), voltei pra casa dela e ela continuou dormindo enquanto eu estava preparando essa armadilha.

Às seis da manhã fui até a porta dela e acordei ela como de costume, daí eu disse pra ela que eu queria voltar para a minha cidade agora de manhã e que eu queria que ela me acompanhasse até uma parte do caminho; daí ela levantou da cama e começou a me acompanhar como eu pedi, mas quando ela me guiou até onde eu tinha cavado, eu pedi para ela sentar ali e eu sentei na beira da estrada, daí quando ela sentou na rede ela caiu no buraco e sem pestanejar eu enrolei ela na rede, pus ela na minha cabeça e continuei indo pra casa do velho que tinha me pedido para buscar a Morte pra ele.

Enquanto eu ia carregando a Morte pela estrada, ela tentava com todas as forças escapar ou me matar, mas não dei chance pra ela. Quando eu já tinha andado umas oito horas, cheguei na cidade e fui direto pra casa do velho que tinha me pedido para buscar a Morte na casa dela. Quando cheguei na casa do velho, ele estava no quarto, daí eu chamei ele e disse que eu tinha trazido a Morte que ele tinha pedido para eu buscar. Mas assim que ele me ouviu dizer que eu tinha trazido a Morte e viu ela na minha cabeça, ele ficou muito assustado e alertou que achava que ninguém ia conseguir pegar a Morte na casa dela e trazer, daí ele me pediu para levar ela (Morte) de volta pra casa logo, e ele (velho) voltou às pressas pro quarto e começou a fechar as portas e janelas, mas antes de conseguir fechar duas ou três janelas, eu joguei a Morte na frente da porta dele e, assim que eu joguei ela no chão, a rede se desmanchou e a Morte deu um jeito de escapar.

Então o velho e a esposa escaparam pelas janelas e também todo o povo da cidade correu para salvar a própria pele e abandonou suas propriedades lá. (O velho achou que a Morte ia me matar se eu fosse até a casa dela, porque ninguém podia chegar na casa da Morte e voltar com vida, mas eu já sabia do truque do velho.)

Daí que desde aquele dia que eu tirei a Morte da casa dela, ela não tem lugar fixo para morar ou ficar, e a gente fica ouvindo o seu nome pelo mundo. Foi assim que eu levei a Morte pro velho que pediu para eu buscar ela antes de ele (velho) me contar por onde andava o meu fazedor de vinho de palma que eu estava procurando antes de chegar naquela cidade e ir até o velho.

Mas o velho, que tinha me prometido que se eu conseguisse ir até a casa da Morte e trazer ela ia me contar onde estava o meu fazedor de vinho de palma, não conseguiu esperar para cumprir a promessa porque ele mesmo e a esposa escaparam por um triz da cidade.

Então eu deixei a cidade sem saber onde meu fazedor de vinho estava e comecei uma nova jornada.

Quando fazia cinco meses que eu tinha saído daquela cidade, cheguei em outra cidade que não era tão grande, apesar de ter uma feira grande e famosa. Assim que entrei na cidade, fui até a casa do chefe da cidade, que me recebeu com gentileza em sua casa; um tempinho depois ele mandou uma de suas esposas me dar comida e depois de comer ele mandou a esposa me servir vinho de palma também; eu bebi vinho de palma demais, igual eu fazia na minha cidade ou quando meu fazedor estava vivo. E quando eu provei o vinho de palma que me deram lá, eu disse que eu tinha o que eu queria ali. Depois de comer a comida e beber o vinho de palma até ficar satisfeito, o chefe da cidade que me recebeu como visita perguntou o meu nome, eu disse pra ele que meu nome era Pai dos Deuses Que Podia Fazer de Tudo Nesse Mundo. Quando ele ouviu isso de mim, ele de repente quase desmaiou de medo. Depois perguntou o que é que eu queria com ele. Respondi que estava em busca do meu fazedor de vinho de palma que tinha morrido na minha cidade um tempo atrás. Então ele me falou que sabia onde estava o meu fazedor.

Depois ele me disse que se eu ajudasse ele a encontrar a filha que tinha sido capturada por uma criatura estranha da feira da cidade e trouxesse ela de volta pra ele aí ele ia me dizer onde o meu fazedor andava.

Ele ainda disse que como eu mesmo me chamava de Pai dos Deuses Que Podia Fazer de Tudo Nesse Mundo, fazer isso ia ser moleza pra mim; foi o que ele falou.

Eu não sabia que a filha dele tinha sido levada por uma criatura estranha da feira.

Eu estava quase recusando procurar a filha dele que tinha sido levada da feira por uma criatura estranha, mas quando lembrei do meu nome fiquei com vergonha de recusar. Daí eu concordei em procurar sua filha. Tinha uma grande feira na cidade, onde a filha tinha sido capturada, e o dia de feira estava marcado para todo quinto dia do mês e todo o povo daquela cidade e de todos os vilarejos ao redor e também os espíritos e as criaturas estranhas de várias matas e florestas iam para a feira todo quinto dia do mês para vender ou comprar produtos. Lá pelas quatro da tarde a feira acabava e todo mundo voltava pra casa ou pro lugar de onde veio. A filha do chefe daquela cidade era uma pequena feirante e antes de ser capturada na feira ela ia se casar. Antes do acontecido o pai falava pra ela se casar com um homem, mas ela não ouviu o pai; quando o pai viu que ela não se importava em casar com ninguém, ele deu a filha para um homem por conta própria, só que a moça se recusou de todo jeito a casar com o homem que seu pai apresentou pra ela. Daí que o pai deixou ela por sua conta e risco.

Essa moça era bonita feito um anjo, mas homem nenhum conseguia convencer ela a casar. Então, um dia ela foi pra feira no dia de feira, como costumava fazer antes, ou para vender seus produtos como sempre; naquele dia de feira ela viu uma criatura estranha na feira, mas não sabia de onde o homem tinha vindo e nunca tinha visto ele antes.

A DESCRIÇÃO DA CRIATURA ESTRANHA

Ele era um cavalheiro lindo e "completo", se vestia com roupa muito boa e muito cara, todas as partes dele eram completas, ele era um homem alto, mas parrudo. Quando esse cavalheiro chegou na feira aquele dia, se ele fosse um produto ou animal à venda, ele ia ser vendido por pelo menos 2 mil libras. Quando esse cavalheiro chegou na feira aquele dia, assim que essa moça viu ele na feira, ela não fez mais nada além de perguntar onde ele morava, mas esse belo cavalheiro não respondeu nem chegou perto dela de jeito algum. E quando ela percebeu que o belo ou completo cavalheiro não ouviu ela, ela largou seus produtos e começou a observar os movimentos do cavalheiro completo na feira e deixou seus produtos sem vender.

Pouco a pouco a feira encerrou os trabalhos daquele dia então todo mundo na feira estava tomando o caminho de volta etc., e o cavalheiro completo estava voltando também, mas como essa moça estava seguindo ele na feira o tempo todo, ela viu ele indo embora assim como os outros, daí ela foi indo atrás dele (o cavalheiro completo) para um lugar desconhecido. E enquanto ela seguia o cavalheiro completo pela estrada, ele ficou dizendo pra ela voltar ou pra não ir atrás dele, mas a moça não deu ouvidos a ele e quando o cavalheiro completo se cansou de falar pra ela não seguir ele ou para voltar pra cidade dela, ele deixou ela ficar seguindo ele.

"NÃO SIGA A BELEZA DE UM HOMEM DESCONHECIDO"

E quando eles tinham andado quase 20 quilômetros de distância da feira, eles saíram da estrada onde estavam andando e começaram a andar dentro de uma mata fechada onde só moravam criaturas terríveis.

"DEVOLVA AS PARTES DO CORPO AOS PROPRIETÁRIOS; OU CONTRATE PARTES DO CORPO DO CAVALHEIRO COMPLETO PARA SEREM DEVOLVIDAS"

Enquanto eles estavam viajando pela mata fechada o cavalheiro completo da feira que a moça estava seguindo começou a devolver aos donos as partes do corpo que ele tinha contratado e pagou o aluguel pra eles. Quando ele chegou no local onde alugou um pé esquerdo, ele arrancou o pé fora, entregou pro dono e pagou, e eles seguiram em frente; quando chegaram no local onde ele alugou o pé direito, ele arrancou o pé fora e entregou pro dono e pagou o aluguel. Agora, os dois pés tinham sido devolvidos aos donos, daí ele passou a se rastejar pelo chão, a partir daí a moça queria voltar pra cidade dela ou pro pai, mas a criatura terrível e estranha ou o cavalheiro completo não deixou ela voltar pra sua cidade ou para o pai e o cavalheiro completo disse: "Eu te falei pra não vir atrás de mim antes da gente se enfiar nessa mata fechada que pertence a criaturas terríveis e estranhas, mas só porque eu virei um cavalheiro incompleto, com metade do corpo, você quer ir embora, agora não dá mais, você fracassou. E você não viu nada ainda, só me acompanhe".

Quando eles avançaram mais, chegaram onde ele alugou a barriga, as costelas, o tórax etc., que ele arrancou fora e devolveu ao dono e pagou o aluguel.

Agora esse cavalheiro ou criatura terrível só tinha a cabeça e os braços e o pescoço; a partir daí ele já não podia mais se rastejar como antes, só pular igual um sapo e agora essa moça estava quase desmaiando de medo dessa criatura assustadora que ela estava seguindo. E quando a moça viu que cada parte desse cavalheiro completo da feira foi doada ou alugada e que ele estava devolvendo aos donos, ela começou a fazer todos os esforços para tentar voltar pra cidade do pai, mas ela não foi autorizada de forma nenhuma por essa criatura assustadora.

Quando chegaram onde ele tinha alugado os braços, ele arrancou fora e entregou ao dono, pagou o que devia; e eles seguiram andando nessa mata fechada até chegarem no local onde ele alugou o pescoço, que ele arrancou e entregou pro dono e pagou também.

"UM CAVALHEIRO DE CORPO INTEIRO QUE AGORA ERA SÓ CABEÇA"

Agora esse cavalheiro completo era só cabeça e quando chegaram onde ele alugou a pele e a carne que cobria a cabeça, ele devolveu elas e pagou o dono, agora o cavalheiro completo da feira era só um CRÂNIO e essa moça ficou só com um Crânio. Quando a moça viu que ela estava só com um Crânio, ela passou a falar que seu pai tinha dito pra ela casar com um homem, mas ela não ouviu ou acreditou nele.

Quando a moça notou que o cavalheiro virou um Crânio, ela começou a desmaiar, mas o Crânio disse que se fosse pra ela morrer ela ia morrer e que ela ia acompanhar ele até a casa dele. E na hora em que ele falou isso ele ficou cantarolando com uma voz terrível, que foi ficando tão selvagem que mesmo uma pessoa a uns 3 quilômetros de distância não ia conseguir ouvir nada além dele, daí essa moça começou a fugir pela mata para salvar sua vida, mas o Crânio foi atrás dela e em poucos metros pegou ela porque ele era muito esperto e inteligente, e como ele era só Crânio, conseguia pular 1,5 quilômetro por segundo. Ele pegou a moça assim: quando a moça estava correndo para tentar salvar a própria vida, ele correu na frente às pressas e deteve ela como se fosse um tronco de madeira.

Pouco a pouco essa moça seguiu o Crânio até a casa dele, e a casa era um buraco debaixo da terra. Quando chegaram lá eles entraram no buraco. Mas só tinha Crânios morando naquele buraco. Naquele mesmo instante em que entraram no buraco ele amarrou um Búzio no pescoço dessa moça com um tipo de corda, depois ele deu pra ela um sapo grande que ela fez de banquinho, daí ele assobiou para um Crânio de sua espécie ficar de olho nessa moça toda vez que ela quisesse fugir. Porque o Crânio já sabia que a moça ia tentar fugir do buraco. Então ele foi pro quintal onde sua família estava ficando de manhã até a noite.

Mas um dia a moça tentou escapar do buraco e na mesma hora que o Crânio que estava de vigia assobiou pro resto dos Crânios que estavam no quintal, todos eles saíram desembestados até o lugar onde a moça estava sentada em cima de um sapo e rolaram pelo chão como se mil tambores de gasolina estivessem sendo empurrados numa estrada difícil. Depois de ser pega, levaram ela de volta pra sentar no mesmo sapo de costume. Se o Crânio que estava de olho nela caísse no sono, e se a moça quisesse escapar, o búzio amarrado no pescoço ia fazer o alarme soar com um barulho tão horrível que o Crânio que estava de olho nela ia acordar na hora e daí o resto da família de Crânios, aos montes, ia sair correndo dos fundos atrás da moça e ia perguntar com uma voz estranha e terrível o que ela queria fazer.

E a moça não conseguia falar de jeito nenhum, porque assim que o búzio foi amarrado no pescoço, ela ficou muda.

O PAI DOS DEUSES DEVE DESCOBRIR O PARADEIRO DA FILHA DO CHEFE DA CIDADE

Agora, como o pai da moça primeiro perguntou meu nome e eu disse que meu nome era Pai dos Deuses Que Podia Fazer de Tudo Nesse Mundo, ele então me falou que se eu conseguisse descobrir onde sua filha estava e trazer ela de volta, ele ia me revelar onde estava meu fazedor de vinho de palma. E quando ele disse isso, eu pulei de alegria, ele me prometeu que ia me falar onde estava meu fazedor. Eu concordei com o pedido; os pais dessa moça jamais souberam o paradeiro da filha, mas eles tinham informação de que a moça havia seguido um cavalheiro completo na feira. Como eu era o Pai dos Deuses Que Podia Fazer de Tudo Nesse Mundo, quando era de noite eu sacrifiquei uma cabra pro meu *juju*.

E logo de manhã cedo eu mandei buscar quarenta barris de vinho de palma e, depois de beber tudo, comecei a investigar o paradeiro da moça. Como era dia de feira, comecei a investigação pela feira. Mas como era um homem-*juju*, eu conhecia todos os tipos de pessoa na feira. Quando eram exatamente nove da manhã, o próprio cavalheiro completo que a moça tinha seguido veio pra feira de novo, e assim que eu vi ele sabia que ele era uma criatura estranha e terrível.

"A MOÇA NÃO DEVERIA SER CULPADA POR SEGUIR O CRÂNIO COMO UM CAVALHEIRO COMPLETO"

Eu não podia culpar de jeito nenhum a moça por seguir o Crânio como um cavalheiro completo até a casa dele. Porque se eu fosse uma moça, sem dúvida eu seguiria ele para qualquer lugar que ele fosse, e mesmo como homem eu teria inveja dele mais do que tudo, porque se esse cavalheiro fosse para um campo de batalha, o inimigo com certeza não ia matar ou capturar ele, e se os bombardeiros vissem ele numa cidade que devia ser bombardeada, eles não iam jogar bomba na presença dele, e se jogassem a bomba não ia explodir até esse cavalheiro sair da cidade, por causa de sua beleza. Assim que vi esse cavalheiro na feira naquele dia, o que eu fiz foi seguir ele ao longo da feira. Depois de ficar olhando pra ele por muitas horas, eu corri pra esquina da feira e chorei por alguns minutos, porque pensei comigo mesmo por que eu não tinha sido criado com a mesma beleza que esse cavalheiro, mas quando eu lembrei que ele era só um Crânio, então agradeci a Deus por ter me criado sem beleza, daí eu voltei a ir atrás dele na feira, mas eu ainda estava atraído pela sua beleza. Quando a feira se encerrou, e quando todo mundo estava voltando pra casa, esse cavalheiro estava voltando também e eu segui ele para saber onde estava morando.

"INVESTIGAÇÃO NA CASA DA FAMÍLIA DO CRÂNIO"

Quando eu andei com ele uma distância de uns 20 quilômetros da feira, o cavalheiro saiu da estrada verdadeira onde a gente estava andando e se enfiou numa floresta fechada e eu fiquei seguindo ele, mas como eu não queria que ele visse que eu estava seguindo, usei um dos meus *jujus*, que me transformou num lagarto enquanto eu seguia ele. E depois de ter viajado uns 40 quilômetros de distância da feira nessa floresta fechada, ele começou a arrancar fora todas as partes do corpo e a devolver para os seus donos, e pagou eles.

Depois de eu ter andado com ele por mais 80 quilômetros nessa floresta, ele então chegou em casa e entrou, mas eu também entrei com ele, uma vez que eu era um lagarto. A primeira coisa que ele fez quando entrou no buraco (casa) foi ir direto pro lugar onde estava a moça, e eu vi a moça sentada em cima de um sapo com um búzio amarrado no pescoço e o Crânio, que vigiava ela de pé atrás dela. Depois de ele (cavalheiro) ter visto onde a moça estava, ele foi até o quintal onde toda a família estava trabalhando.

"O MARAVILHOSO TRABALHO DO INVESTIGADOR NA CASA DA FAMÍLIA CRÂNIO"

Quando eu vi essa moça e quando o Crânio que trouxe ela para aquele buraco ou quem eu segui do mercado até aquele buraco foi pro quintal, eu então me transformei de novo em homem, daí eu falei com a moça, mas ela não conseguia me responder de jeito nenhum, ela só demonstrava estar em apuros. O Crânio que estava vigiando ela com um apito tinha caído no sono naquela hora.

Para minha surpresa, quando eu ajudei a moça a levantar de cima do sapo em que estava sentada, o búzio que estava amarrado no pescoço dela fez um barulho estranho na hora, e quando o Crânio que estava vigiando ela ouviu o barulho, ele acordou e apitou para os demais, daí todos eles correram até o local e cercaram a moça e eu, mas assim que eles me viram lá, um deles correu pro poço que não era muito longe dali, o poço estava repleto de búzios. Ele tirou um búzio do poço, e todo o bando queria amarrar o búzio no meu pescoço também. Mas antes de conseguirem fazer isso, eu me transformei em ar, eles não conseguiam me achar de novo, mas eu estava olhando pra eles. Eu acreditava que o poder deles estava nos búzios daquele poço, e para reduzir o poder de qualquer ser humano ou deixar a pessoa muda sempre que quisessem era só amarrar um no pescoço.

Mais de uma hora depois de eu me dissolver em ar, esses Crânios voltaram pro quintal, mas o Crânio que estava vigiando ela ficou ali.

Depois que eles voltaram pro quintal, eu virei um homem como de costume, daí tirei a moça de cima do sapo, mas assim que eu toquei nela, o búzio que estava amarrado no pescoço dela começou a gritar; até uma pessoa a mais de 5 quilômetros de distância não ia ter como não ouvir, e o Crânio que estava vigiando ela ouviu o barulho na hora e viu quando eu tirei ela de cima do sapo, daí ele apitou chamando os outros que estavam no quintal.

Rapidinho, toda a família Crânio ouviu o som do apito chamando eles, que foram correndo desembestados até o local, mas antes que pudessem chegar ali eu saí do buraco rumo à floresta e antes mesmo de eu conseguir andar uns metros na floresta, eles saíram correndo do buraco e entraram na floresta enquanto eu ainda estava fugindo com a moça. Ao me perseguirem pela floresta, os Crânios rolavam no chão como pedras grandes e faziam uma zoada terrível, mas quando eu vi que eles estavam quase me alcançando ou que se eu continuasse a fugir daquele jeito eles iam, sem dúvida, me pegar cedo ou tarde, eu transformei a moça num gato e enfiei ela dentro do meu bolso e virei um passarinho que eu podia descrever como um "pardal".

Depois disso comecei a voar, e enquanto eu estava voando pelo céu, o búzio que estava amarrado no pescoço da moça ainda fazia barulho e eu tentei de tudo para interromper o barulho, mas foi tudo em vão. Quando eu cheguei em casa com a moça, transformei ela numa moça de novo e voltei a ser um homem também. Quando o pai dela viu que eu trouxe a filha dele de volta pra casa, ele ficou extremamente feliz e disse: "Você é o Pai dos Deuses mesmo, como tinha me dito".

Ainda que a moça estivesse agora em casa, o búzio no pescoço dela não parava de fazer aquele barulho terrível nem uma vez sequer, e ela não conseguia falar com ninguém; ela só demonstrava felicidade por estar em casa. Eu tinha conseguido trazer a moça de volta, mas ela não conseguia falar, comer ou soltar o búzio preso no pescoço porque o barulho terrível do búzio não deixava de jeito nenhum alguém descansar ou dormir.

"AINDA HÁ MAIORES TAREFAS PELA FRENTE"

Comecei a cortar a corda do búzio em volta do seu pescoço pra fazer ela falar e comer, mas todos os meus esforços foram em vão. Por fim, fiz o melhor que pude para cortar fora a corda do búzio; só parou o barulho mas não consegui soltar do pescoço dela.

Quando o pai dela percebeu todo meu sufoco, me agradeceu muito e repetiu que, como eu me chamava Pai dos Deuses Que Podia Fazer de Tudo Nesse Mundo, eu devia fazer o resto do serviço. Mas quando ele me disse isso fiquei muito envergonhado e pensei comigo mesmo que se eu voltasse pro buraco ou pra casa dos Crânios, eles podiam me matar e a floresta era sempre muito perigosa de viajar, então eu não podia ir direto até os Crânios no buraco deles e perguntar como faz para soltar o búzio que estava no pescoço da moça e para fazer ela conversar e comer.

"DE VOLTA À CASA DA FAMÍLIA CRÂNIO"

Três dias depois de levar a moça à casa do pai, eu voltei à floresta fechada para investigar mais. Quando faltava só 1,5 quilômetro para chegar no buraco dos Crânios, lá eu vi o próprio Crânio que a moça tinha seguido desde a feira como um cavalheiro completo até o buraco da casa da família Crânio e, na mesma hora que eu vi ele assim, eu virei um lagarto e subi numa árvore que estava perto dele.

Ele estava de pé entre duas plantas, daí vi quando ele cortou uma folha simples da planta pequena; ele segurou a folha com a mão direita e ficou dizendo: "Como tiraram essa moça de mim, se essa folha não for oferecida pra ela comer, ela não vai falar nunca mais", depois ele jogou a folha no chão. Então ele cortou mais uma folha dupla de uma planta grande que estava no mesmo local que a planta pequena, ele segurou a folha dupla com a mão esquerda e disse que se essa única folha dupla não fosse oferecida pra moça comer, o búzio não ia poder ser solto e ia fazer aquele barulho terrível pra sempre.

Depois de falar, ele jogou a folha no chão perto da outra e se afastou pulando. Daí depois que ele pulou pra bem longe (por sorte, eu estava lá enquanto ele fazia essas coisas todas, e vi o local onde ele jogou cada uma das folhas), eu me transformei de novo em homem, fui pra onde ele jogou as folhas, peguei elas e fui logo pra casa.

Assim que eu cheguei em casa, cozinhei as folhas em separado e dei pra ela comer; para minha surpresa, a moça começou a falar na hora. Depois disso, eu dei a folha grande pra ela comer de novo e ela comeu na hora, o búzio que tinha sido amarrado no seu pescoço pelo Crânio se soltou sozinho e desapareceu no mesmo instante. Daí, quando o pai e a mãe viram o trabalho maravilhoso que eu tinha feito, eles trouxeram cinquenta barris de vinho de palma pra mim, me deram a moça como esposa e dois quartos na casa para morar com eles. Então eu salvei a moça do cavalheiro completo da feira que mais tarde virava só um "Crânio" e a moça virou minha esposa desde aquele dia. Foi assim que eu consegui uma esposa.

Agora que eu tomei a moça como minha esposa e depois de passar seis meses com os pais da minha esposa, eu lembrei do meu fazedor de vinho de palma que tinha morrido na minha cidade muito tempo atrás, daí eu pedi pro pai da minha esposa cumprir sua promessa e me dizer onde estava meu fazedor, mas ele me disse para esperar um tempo. Porque ele sabia que se ele me contasse naquele momento eu ia embora da cidade e ia levar a filha dele pra longe e ele não ia gostar de se separar da filha.

Passei três anos com ele naquela cidade, mas durante aquele tempo eu mesmo tinha que extrair vinho de palma para mim, e é claro que não conseguia extrair na quantidade que eu precisava pra beber; minha esposa também ficou me ajudando a carregar o vinho da fazenda pra cidade. Quando completei três anos e meio naquela cidade, eu percebi que o polegar esquerdo da minha esposa estava inchado que nem uma boia, mas não doía. Um dia, ela me acompanhou até a fazenda onde eu ficava extraindo vinho de palma e, para minha surpresa, quando o polegar inchado dela tocou no espinho da palmeira, o polegar estourou de repente e nós vimos um menino sair de dentro dele e, no mesmo instante que saiu de dentro do polegar, a criança começou a conversar com a gente como se tivesse 10 anos de idade.

Na hora que ele caiu de dentro do polegar ele cresceu cerca de 1,5 metro de altura e sua voz era, naquele momento, tão clara como alguém batendo numa bigorna com um martelo de aço. A primeira coisa que ele fez foi perguntar pra mãe: "A senhora sabe o meu nome?". Sua mãe disse que não, ele então voltou o rosto pra mim e me fez a mesma pergunta e eu disse que não; daí ele disse que seu nome era "ZURRJIR", o que significa um filho que ia se transformar em outra coisa muito em breve. Mas quando ele contou pra gente o seu nome fiquei muito apavorado por causa do seu nome terrível, e durante todo o tempo em que conversou com a gente, ele ficou bebendo o vinho de palma que eu tinha extraído; depois de cinco minutos ele tinha bebido três dos quatro barris. Eu ficava imaginando como a gente podia deixar a criança na fazenda e fugir pra cidade porque todo mundo tinha visto que o polegar esquerdo da minha esposa só tinha inchado, e ela não tinha engravidado na parte certa do corpo igual as outras mulheres. Enquanto eu pensava nisso, essa criança pegou o último barril de vinho de palma, que ele bebeu pelo lado esquerdo de sua cabeça, e começou a ir direto pra cidade, mas ninguém mostrou pra ele a estrada que levava até lá. Ficamos parados olhando pra ele conforme ele andava, daí depois de um tempo seguimos ele, mas a gente não viu ele na estrada antes de chegar na cidade. Pra nossa surpresa a criança acertou a casa onde a gente estava morando. Quando entrou na casa, ele cumprimentou todo mundo que encontrou como se ele já conhecesse antes, ao mesmo tempo, ele pediu comida e deram comida pra ele, ele comeu tudo; depois foi pra cozinha e comeu também toda a comida que achou por lá.

Mas quando um homem viu ele comendo o resto da comida na cozinha que tinha sido preparada para a janta, ele mandou ele sair da cozinha; ele não saiu, mas em vez disso começou a brigar com o homem; essa criança maravilhosa surrou tanto o homem que ele não conseguia enxergar bem antes de sair da cozinha e fugir, mas a criança permaneceu na cozinha.

Quando todas as pessoas na casa viram o que a criança tinha feito com aquele homem, então todas começaram a lutar contra ela. Enquanto lutava contra elas, o menino ficava atirando tudo no chão, partindo as coisas em pedaços, chegou a esmagar todos os animais domésticos até a morte, e ainda assim todas essas pessoas não conseguiram dominar ele. Depois de um tempinho nós chegamos da fazenda, mas no mesmo instante que ele viu a gente, ele largou todo mundo com quem estava lutando e veio até nós, daí quando entramos na casa ele apresentou a gente para todo mundo na casa dizendo que a gente era seu pai e sua mãe. Como ele tinha comido toda a comida preparada pra janta, começamos então a fazer outra comida, mas quando chegou a hora de tirar a comida do fogo ele mesmo tirou e, ao mesmo tempo, começou a comer tudo de novo mesmo estando muito quente, antes de a gente poder impedir, ele já tinha devorado toda a comida e a gente fez o melhor que podia pra tirar a comida dele, mas não conseguimos de jeito nenhum.

Era uma criança maravilhosa, porque se cem homens lutassem contra ele, ele ia surrar todos até fugirem. Quando ele sentava numa cadeira, a gente não conseguia tirar ele dali. Era forte como ferro, se ele parava num lugar ninguém arrancava ele dali. Ele se tornou nosso soberano na casa, porque às vezes dizia que a gente não devia comer nada o dia todo e às vezes ele botava a gente pra fora de casa à meia-noite e às vezes ele mandava a gente ficar deitado diante dele por mais de duas horas.

Como essa criança era mais forte do que todo mundo na cidade, ele foi dar uma volta na cidade e começou a queimar as casas dos chefes daquela cidade, mas quando as pessoas na cidade viram os estragos e o mau-caratismo dele, me chamaram (seu pai) para discutir como a gente podia expulsar ele da cidade e eu falei para as pessoas que eu sabia como ia expulsar ele da cidade. Daí uma noite, quando era uma da madrugada, eu percebi que ele estava dormindo dentro do quarto, despejei óleo por toda a casa e o telhado, e como era coberto de folhas e o tempo estava seco, eu incendiei a casa e fechei o resto das janelas e portas que ele não fechou antes de dormir. Antes de ele acordar, tinha um grande incêndio se espalhando pela casa e pelo telhado, a fumaça não deixou ele escapar, daí ele morreu queimado junto com a casa até virar cinzas.

Quando a gente viu que a criança tinha ardido em chamas e virado cinzas todas as pessoas da cidade ficaram muito felizes e a cidade voltou a ter paz. Quando percebi que eu tinha visto o fim daquela criança, então pressionei o pai da minha esposa pra ele me contar o paradeiro do meu fazedor de vinho de palma e ele me contou.

"A CAMINHO DE UM LUGAR DESCONHECIDO"

No mesmo dia que o pai da minha esposa me revelou onde estava meu fazedor, falei pra minha esposa fazer as malas e ela fez, daí acordamos cedo no dia seguinte e começamos a andar pra um lugar desconhecido, mas quando a gente já tinha viajado uns 3 quilômetros de distância da cidade de onde partimos, minha esposa disse que esqueceu sua joia de ouro na casa que eu tinha incendiado até virar cinzas. Ela disse que ia voltar lá pra recuperar, mas eu falei que a joia tinha sido destruída pelas chamas junto com a casa. Ela falou que a joia era de metal e não tinha como arder em chamas e que ela ia voltar lá pra recuperar, e eu implorei pra ela não voltar, mas ela se recusou totalmente, daí quando eu vi que ela estava voltando pra pegar, segui ela. Quando chegamos lá, ela pegou um pau e começou a espalhar as cinzas, e aí eu vi que, de repente, as cinzas pairaram no ar e, ao mesmo tempo, surgiu um meio-bebê, ele estava falando com uma voz baixinha como um telefone.

    No mesmo instante em que a gente viu as cinzas pairando no ar e se transformando num meio-bebê, ele ficou conversando com uma voz baixa, e daí a gente começou a se afastar. Ele então começou a falar pra minha esposa levar ele junto, para esperar e levar ele, mas como não paramos e não levamos ele junto com a gente, ele mandou cegar nossos olhos e nós ficamos cegos naquele exato momento; ainda assim não voltamos para levar ele, seguimos em frente, daí quando ele viu que a gente não tinha voltado e levado ele, ele mandou a gente parar de respirar e, a bem da verdade, a gente não conseguia mais respirar. Quando a gente não conseguia mais inspirar e expirar, voltamos e levamos ele com a gente. Enquanto a gente andava na estrada, ele falou pra minha esposa carregar ele na cabeça e, quando ele estava em cima da cabeça da minha esposa, ele ficava assobiando com a força de umas quarenta pessoas. Quando chegamos num vilarejo paramos para comprar comida de um comerciante pois a gente estava com muita fome antes de chegar lá, mas quando a gente estava prestes a comer a comida, o meio-bebê não deixou a gente comer; em vez disso, ele pegou toda a comida e engoliu que nem um homem engole uma pílula, daí quando o comerciante viu ele fazendo isso, ele fugiu e deixou a comida lá, e quando o nosso meio-bebê viu que o comerciante tinha largado a comida, ele engatinhou até a comida e engoliu também.

Então esse meio-bebê não deixou a gente comer a comida, e a gente acabou não experimentando nada de jeito nenhum. Quando o povo do vilarejo viu o meio-bebê com a gente, eles expulsaram a gente do vilarejo. Daí começamos nossa jornada de novo e quando a gente estava a uns 10 quilômetros de distância do vilarejo, chegamos em outra cidade; paramos por lá e compramos outra comida, mas esse meio-bebê de novo não deixou a gente comer. E naquele momento a gente já estava tão aborrecido que a gente queria comer à força, mas ele deu a mesma ordem de antes e assim que ele deu a ordem a gente deixou ele engolir tudo.

Quando o povo daquela cidade viu ele lá com a gente mais uma vez, eles expulsaram a gente com *juju* e disseram que estávamos carregando um espírito e que eles não queriam um espírito na cidade deles. Daí se a gente entrava em qualquer cidade ou vilarejo para comer ou dormir, a gente era expulso na hora, as notícias sobre nós tinham se espalhado por todas as cidades e os vilarejos. Agora a gente não podia andar pelas estradas, só de mata em mata, porque todo mundo tinha ouvido falar que um homem e uma mulher estavam carregando um meio-bebê ou um espírito e estavam buscando um lugar pra abandonar ele e fugir.

Daí naquele instante a gente já estava muito faminto e quando a gente começou a andar pelas matas, tentamos de todo jeito botar ele no chão em algum lugar e fugir, mas ele não deixava a gente fazer isso. Depois de não conseguir largar ele no chão por lá, achamos que ele ia dormir de noite, mas ele não dormiu de noite de jeito nenhum, e a pior parte disso é que ele não deixou minha esposa pôr ele no chão uma vez sequer desde quando ela tinha começado a carregar ele em cima da cabeça; estávamos ansiosos pra dormir profundamente, mas ele não deixava a gente fazer nada a não ser carregar ele junto. O tempo todo que ele ficou na cabeça da minha esposa sua barriga inchou como um tubo muito grande, porque ele tinha comido demais e mesmo assim não se deu por satisfeito em momento nenhum, pois ele podia comer toda a comida do mundo que nada enchia ele. Enquanto a gente andava pela mata à noite, minha esposa estava se sentindo sobrecarregada com esse bebê e se a gente colocasse ele numa balança naquele instante, ele ia estar pesando pelo menos 12 quilos; quando eu vi que minha esposa estava cansada de carregar ele e não conseguia mais continuar carregando, então assumi a responsabilidade de carregar ele, mas antes de eu carregar ele por quase 400 metros eu já não conseguia mais me mexer e estava suando em bicas por causa do peso; ainda assim, esse meio-bebê não deixou a gente colocar ele no chão e descansar.

Ah! Como a gente podia escapar desse meio-bebê? Mas Deus é tão bom que enquanto a gente estava carregando ele de um lado pro outro na mata escura, ouvimos um som que parecia de uma música que tocavam em algum lugar da mata e ele falou pra gente carregar ele até o local onde a gente estava ouvindo a música. Chegamos lá em menos de uma hora.

TRÊS BOAS CRIATURAS CUIDARAM DO NOSSO PROBLEMA: O TAMBOR, A CANÇÃO E A DANÇA

Quando carregamos ele até o local, lá nós vimos criaturas que a gente chama de Tambor, Canção e Dança em pessoa e essas três criaturas eram criaturas vivas que nem a gente. Assim que chegamos lá o meio-bebê desceu da minha cabeça, e a gente deu graças a Deus. E foi só ele descer da minha cabeça que ele se juntou às três criaturas na hora. Quando o Tambor começou a se batucar sozinho era como se cinquenta homens estivessem batucando, quando a Canção começou a cantar, era como se cem pessoas estivessem cantando juntas, e quando a Dança começou a dançar o meio-bebê começou também, minha esposa, eu e os espíritos etc., a gente estava dançando com a "Dança" e ninguém que ouvisse ou visse esses três companheiros ficava sem acompanhar eles para onde quer que fossem. Daí todos nós ficamos acompanhando os três companheiros e dançando com eles. E acompanhamos os três companheiros e dançamos por cinco dias, sem comer nem parar sequer uma vez, antes de a gente chegar no local que essas três criaturas construíram em forma de casas de barro.

Lá havia dois soldados parados na frente das moradias, mas quando chegamos lá com esses três companheiros, minha esposa e eu etc., a gente parou na frente da entrada, só os três companheiros e nosso meio-bebê entraram nas casas; depois disso, a gente não viu mais eles. N.B. A gente não queria ir atrás deles naquele lugar, mas não dava pra se controlar porque a gente estava dançando junto com eles.

Daí ninguém nesse mundo podia batucar no tambor como o Tambor batucava; ninguém podia dançar como a Dança dançava e ninguém podia cantar como a Canção cantava. A gente deixou essas três criaturas maravilhosas lá por volta de duas da madrugada. Então depois de a gente deixar essas criaturas e nosso meio-bebê, a gente iniciou uma nova jornada e andou por dois dias antes de chegar numa cidade e parar lá pra descansar por dois dias.

E a gente estava sem um tostão antes de chegar lá, então eu pensei comigo mesmo como a gente podia conseguir dinheiro pra comer. Passado um tempo lembrei que meu nome era Pai dos Deuses Que Podia Fazer de Tudo Nesse Mundo. Como lá existia um grande rio que cruzava a estrada principal que dava naquela cidade, eu falei pra minha esposa me seguir até o rio; quando chegamos lá, eu cortei uma árvore e com ela esculpi um remo, daí eu dei pra ela e falei pra ela entrar no rio comigo; quando entramos no rio, eu dei uma ordem a um dos *jujus* que um espírito bondoso, amigo meu, tinha dado pra mim e na hora o *juju* me transformou numa grande canoa. Então minha esposa entrou na canoa com o remo e remando ela usou a canoa como um "barco" para transportar passageiros pelo rio, a tarifa para adultos era 3 *pence* e as crianças pagavam só meia passagem. Ao entardecer, eu virei homem de novo e quando checamos o dinheiro que minha esposa tinha ganhado naquele dia, o total era de 7 libras, 5 xelins e 3 *pence*. Depois disso voltamos pra cidade e compramos tudo o que a gente precisava.

Na manhã seguinte fomos pro rio às quatro da manhã antes do povo daquela cidade acordar pra eles não saberem o nosso segredo, e quando chegamos lá eu fiz a mesma coisa que ontem e minha esposa continuou seu trabalho como de costume, e naquele dia voltamos para casa por volta das sete da noite. Daí ficamos naquela cidade por um mês e trabalhamos assim ao longo de um mês, quando conferimos o dinheiro vimos que a gente tinha ganhado no mês 56 libras, 11 xelins e 9 *pence*.

Então nós saímos da cidade com muita alegria, começamos nossa viagem de novo, mas depois de andar por um pouco mais de 120 quilômetros a gente começou a encontrar pelo caminho umas gangues de "saqueadores de estradas", e eles ficaram perturbando muito a gente. E quando eu pensei que os perigos na estrada podiam fazer a gente perder o nosso dinheiro ou a nossa vida, daí nós entramos na mata, mas viajar na mata era bem perigoso também por causa dos animais selvagens, e lá tinha jiboias aos montes, igual areia.

"VIAJANDO PELO AR"

Então, eu falei pra minha esposa pular nas minhas costas com nossos pertences e, na mesma hora, eu usei o meu *juju* que foi dado pela "Mulher do Espírito da Água" na "Mata dos Fantasmas" (a história completa da "Mulher Espírito" apareceu no livro *O caçador selvagem na mata dos fantasmas*). Daí eu me tornei um pássaro enorme igual um avião e voei com minha esposa, eu voei por umas cinco horas antes de descer, depois de ter passado pela área de risco, e apesar de ser quatro da madrugada antes de descer a gente começou a trilhar o resto do caminho por terra ou a pé. Às oito da noite daquele dia a gente chegou na cidade onde o pai da minha esposa me disse que estava meu fazedor de vinho de palma.

Quando chegamos lá, eu perguntei pro povo da cidade sobre meu fazedor, que tinha morrido muito tempo antes na minha cidade. Mas eles me disseram que meu fazedor tinha ido embora dali fazia mais de dois anos. Então eu implorei pra eles me falarem a cidade onde ele estava naquele momento, e me disseram que ele estava agora na Cidade dos Mortos e que ele estava morando com os mortos na Cidade dos Mortos, que a cidade era muito longe dali e só os mortos moravam lá.

Agora que a gente não podia voltar pra onde nós viemos (a cidade do pai da minha esposa), devíamos ir pra Cidade dos Mortos. Então a gente foi embora da cidade depois de três dias; de lá pra Cidade dos Mortos não tinha estrada ou caminho para andar porque ninguém dali ia pra lá de jeito nenhum.

"NÃO TEM ESTRADA" – "É PRECISO VIAJAR DE MATA EM MATA PARA A CIDADE DOS MORTOS"

No dia em que saímos da cidade, a gente andou mais de 60 quilômetros pela mata, e quando eram seis e meia da tarde, chegamos numa mata muito fechada, tão fechada que uma cobra não podia passar por ali sem se machucar.

Daí a gente parou lá porque não conseguia enxergar bem, estava escuro. A gente dormiu na mata, mas quando eram por volta de duas da madrugada, vimos uma criatura, se era um espírito ou outro ser perigoso, não dava pra saber, ele estava vindo em nossa direção, ele era branco como se alguém tivesse pintado ele com tinta branca, era branco dos pés à cabeça, mas ele não tinha cabeça, nem pé nem mãos como de gente, e ele tinha um olhão na parte de cima do corpo. Ele tinha uns 400 metros de altura e sua grossura era de 1,80 metro, ele parecia um poste branco. Na mesma hora que vi ele vindo até a gente, pensei no que eu podia fazer para parar ele, daí lembrei de um encantamento que meu pai me ensinou antes de morrer.

O uso do encantamento era assim: se eu encontrasse um espírito ou outra criatura perigosa à noite e se eu usasse o encantamento, eu virava uma fogueira grande com muita fumaça, aí as criaturas perigosas não teriam como passar pelo fogo. Então eu usei o encantamento e ele queimou a criatura branca, mas antes de virar cinzas a gente viu umas noventa do mesmo tipo que essa criatura branca, todas vindo até nós (fogo) e quando elas alcançaram o fogo (nós), todas elas cercaram a gente e se curvaram ou se abaixaram ao redor do fogo; depois disso todas elas ficaram gritando: "Tá frio! Frio! Frio!" etc., mas como elas estavam em volta do fogo, não quiseram sair dali, apesar de não poder fazer nada contra o fogo (nós). Elas estavam só se esquentando à beira do fogo e muito satisfeitas com o fogo e em ficar ali o tempo que o fogo permanecesse ali pra elas. É claro que eu achei que como a gente tinha virado fogo, a gente ia estar a salvo, mas não foi assim, de jeito nenhum. Quando pensei como a gente podia se livrar daquelas criaturas brancas, lembrei que se a gente começasse a se mexer, talvez essas criaturas brancas fossem todas embora, porque desde uma da madrugada até dez da manhã elas ainda estavam se esquentando à beira do fogo e não tentaram voltar pro lugar de onde vieram ou saíram para comer. É claro que não dava para eu ter certeza se aquelas criaturas comiam ou não.

Mas não pense que porque viramos fogo a gente deixou de sentir fome, pois a gente estava com muita fome mesmo sendo fogo, só que se a gente voltasse a virar gente de uma só vez, essas criaturas brancas iam ter a chance de nos matar ou machucar.

Então a gente começou a se mexer, mas enquanto a gente se mexia essas criaturas brancas também se mexiam com o fogo até a gente sair da mata fechada, mas quando saímos de lá e chegamos num grande campo, aí elas voltaram pra mata delas. E, apesar da gente não saber, essas grandes criaturas brancas não podiam invadir a mata alheia, e elas não entraram naquele campo de jeito nenhum, mesmo satisfeitas com o fogo, e as criaturas daquele campo não podiam entrar na mata delas também. E foi assim que nos livramos daquelas grandes criaturas brancas.

Agora livres daquelas criaturas brancas, começamos nossa jornada naquele campo. Esse campo não tinha árvores nem palmeiras, só gramíneas grandes e selvagens cresciam ali, parecendo um milharal, e as bordas das folhas eram cortantes como fio de navalha, e peludas. A gente então andou naquele campo até cinco da tarde, depois disso a gente começou a procurar um lugar adequado para dormir até o dia seguinte.

Mas enquanto a gente estava procurando por um lugar assim, a gente viu um CUPINZEIRO que parecia um guarda-chuva e tinha 1 metro de altura e cor creme. A gente colocou nossos pertences em cima dele; depois descansamos por alguns minutos, daí a gente pensou em acender uma fogueira lá para cozinhar nossa comida, já que a gente estava com fome. Mas como não tinha galhos secos por perto a gente levantou e foi mais adiante atrás de galhos para fazer a fogueira, mas no caminho encontramos uma estátua ajoelhada. Tinha a forma de uma mulher e também era da cor creme. Depois de pegar os galhos, a gente voltou pro cupinzeiro e acendeu a fogueira, fizemos nossa comida e comemos; e quando eram umas oito da noite deitamos aos pés do cupinzeiro, mas a gente não conseguia pegar no sono por causa do medo, e quando eram umas onze da noite a gente começou a ouvir um barulho como se a gente estivesse no meio de uma feira, daí ouvimos com atenção e antes da gente levantar nossas cabeças, a gente estava no meio de uma feira. Sem saber a gente tinha colocado nossos pertences, acendido a fogueira e dormido debaixo do dono da feira achando que era só um cupinzeiro, mas não era, não.

Daí começamos a juntar nossos pertences de uma vez para sair daquele lugar e talvez se safar, mas enquanto a gente estava juntando nossas coisas, as criaturas daquele campo nos cercaram e nos pegaram igual um policial, e aí a gente seguiu eles, e o cupinzeiro (o dono da feira) debaixo de onde a gente dormiu também nos seguiu, e enquanto ele seguia a gente, ele ficava pulando porque ele não tinha pés, mas uma cabeça muito pequena como um bebê de um mês de vida, e quando chegamos no local da estátua da mulher ajoelhada, ela levantou e também seguiu a gente.

Depois que a gente andou por uns vinte minutos, chegamos no palácio do rei, mas ele não estava lá naquele momento.

O palácio estava quase todo coberto de lixo, parecia uma casa velha em ruínas, era muito rústica. Quando essas criaturas do campo viram que o rei não estava em casa, elas esperaram por meia hora antes de ele chegar, mas quando nós (minha esposa e eu) vimos o rei, ele não passava de lixo, pois estava coberto de folhas secas e verdes e a gente não conseguia ver nem o pé nem o rosto dele etc. Ele entrou no palácio e logo sentou em cima do lixo. Depois seus súditos apresentaram a gente pra ele e reclamaram que a gente tinha invadido a cidade deles. Quando eles contaram isso pro rei, ele perguntou quem eram aqueles dois idiotas ali, mas eles disseram que não tinham a menor ideia porque nunca tinham visto aquelas criaturas antes. Como minha esposa e eu não tínhamos falado uma palavra sequer até então, eles acharam que a gente não conseguia falar, então o rei entregou para um deles uma vara pontuda para espetar a gente, achando que talvez assim a gente falasse ou gritasse de dor; o súdito fez o que o rei dele mandou ele fazer. Daí, como ele espetou a gente sem dó, a gente sentiu dor e abriu a boca, mas assim que todos eles ouviram nossa voz eles caíram na gargalhada como se fosse uma explosão de bombas, e a gente conheceu a Risada em pessoa naquela noite, porque enquanto todo mundo já tinha parado de rir da gente, a Risada ficou duas horas rindo sem parar. Como a Risada ficou rindo da gente naquela noite, minha esposa e eu esquecemos nossas dores e rimos com ela também, porque ela ria fazendo barulhos estranhos que a gente nunca tinha ouvido na nossa vida. A gente não sabia a hora que a gente caiu na risada com ela, mas a gente estava só rindo da risada da Risada e ninguém que ouvia ela rindo conseguia ficar sem rir, daí se alguém continuasse rindo com a Risada, essa pessoa ia morrer ou desmaiar de tanto dar risada, porque rir era a profissão dela e ela vivia disso. Então eles começaram a implorar pra Risada parar, mas ela não conseguia. Sem saber que essas criaturas do campo nunca tinham visto humanos antes, depois de um tempo o rei mandou elas levarem a gente até os seus "deuses da guerra". E quando eu ouvi ele dizer isso, fiquei muito feliz porque eu mesmo era o Pai dos Deuses. Essas criaturas do campo empurraram a gente até os "deuses da guerra" como o rei mandou, mas eles não chegaram perto do "deus" porque ninguém ia voltar com vida. Depois de empurrarem a gente até ele e voltarem pra feira e como o "deus" podia falar e eu mesmo era o Pai dos Deuses, aquele que sabia os segredos de todos os "deuses", falei com esse deus com uma voz especial, daí ele não machucou a gente; em vez disso, ele nos conduziu pra fora daquele campo. Enquanto o rei falava, um vapor quente ficava saindo de seu nariz e sua boca como uma grande caldeira e ele respirava a cada cinco minutos. E foi assim que a gente se livrou daquelas criaturas do campo e do território delas.

A ILHA-FANTASMA

Então começamos nossa jornada em outra mata que, é claro, era cheia de ilhas e pântanos, mas as criaturas das ilhas eram muito gentis, porque assim que a gente chegou lá elas receberam a gente com gentileza e deram uma casa adorável pra gente morar na cidade. O nome da ilha era Ilha-Fantasma, ela era bem alta e toda cercada por água; todas as pessoas da Ilha eram muito gentis e se amavam, o trabalho delas era só plantar a própria comida; depois disso, elas não tinham mais o que fazer além de tocar música e dançar. Eram as criaturas mais lindas no mundo das criaturas estranhas, e também os dançarinos e músicos mais maravilhosos, elas tocavam música e dançavam o dia todo e a noite toda. E como o clima da Ilha era adequado para nós, quando reparamos nisso vimos que a gente não devia ir embora dali logo e aí ficamos dançando com eles, fazendo o que eles estavam fazendo. Pelo jeito que essas criaturas da Ilha se vestiam, você podia pensar que eles eram gente e que seus filhos estavam sempre atuando numa peça. Como passamos a morar com eles, eu me tornei fazendeiro e plantei muitos tipos de grãos por lá. Mas um dia, quando as plantações já estavam maduras o suficiente, eu vi um bicho terrível vindo até a fazenda e comendo as colheitas todas, só que certa manhã eu encontrei ele lá, daí comecei a enxotar ele da fazenda, mas é claro que eu não podia me aproximar dele porque ele era grande igual um elefante. Suas unhas eram longas, tinha uns 60 centímetros, a cabeça era dez vezes maior que o corpo. Ele tinha uma boca grande cheia de dentes compridos, de uns 30 centímetros de comprimento e tão grossos quanto os chifres de uma vaca, o corpo dele era quase todo coberto com um longo cabelo preto que nem crina de cavalo. Ele estava muito sujo. Tinha cinco chifres na cabeça, curvados e nivelados na altura da cabeça, os quatro pés eram tão grandes quanto um tronco de madeira. Mas como eu não podia chegar perto dele, joguei uma pedra nele de longe, e antes da pedra atingir ele o bicho me alcançou onde eu estava, pronto pra lutar comigo.

Daí eu fiquei pensando como podia escapar desse bicho horrível. Sem saber que ele era o dono da Ilha onde eu tinha plantado os grãos, naquele momento crítico ele estava bravo porque eu não tinha oferecido sacrifícios pra ele antes de plantar os grãos, mas quando eu entendi o que ele queria de mim, colhi algumas mudas e dei pra ele, daí quando ele viu o que eu dei pra ele, ele fez um sinal de que eu devia montar nas costas dele e eu montei, e a partir daquele instante eu não ouvi mais ele, que me levou até a sua casa, que não ficava longe da fazenda. Quando chegamos lá, ele abaixou e eu desci das costas dele; depois ele entrou na casa e trouxe quatro grãos de pipoca, quatro grãos de arroz e quatro sementes de quiabo e deu pra mim, então eu voltei pra fazenda e plantei tudo ao mesmo tempo. E para minha surpresa esses grãos e sementes germinaram de uma vez, antes de dar cinco minutos eles cresceram, e antes de dar dez minutos eles deram fruto e amadureceram ao mesmo tempo, daí eu colhi e voltei pra cidade (a Ilha-Fantasma).

E depois que as plantações de grãos deram os últimos frutos e secaram, eu cortei elas e mantive as sementes como referência enquanto a gente andava pela mata.

"NINGUÉM É PEQUENO DEMAIS PARA NÃO SER ESCOLHIDO"

Essas eram as muitas criaturas maravilhosas nos velhos tempos. Um dia, o rei da cidade da Ilha-Fantasma escolheu todas as pessoas, os espíritos e as criaturas terríveis da Ilha para ajudar ele a limpar o milharal, que tinha uns 5 quilômetros quadrados. Daí numa bela manhã a gente se reuniu e foi até o milharal e limpou tudo, depois voltamos até o rei e dissemos que a gente tinha limpado o milharal, ele agradeceu e deu comida e bebida para nós.

    Mas na verdade nenhuma das criaturas é pequena demais para ser escolhida para trabalhar. A gente não sabia que assim que a gente deixasse o campo, uma criatura minúscula que não tinha sido escolhida pelo rei pra ir junto com a gente, essa criatura ia entrar no campo e mandar todas as ervas daninhas que a gente tinha arrancado crescerem como se a gente não tivesse limpado nada.

    Ele ficou dizendo o seguinte: "O REI DA ILHA-FANTASMA IMPLOROU A TODAS AS CRIATURAS DA ILHA-FANTASMA E ME DEIXOU DE FORA, ENTÃO QUE TODAS AS ERVAS DANINHAS ARRANCADAS SE LEVANTEM E DEIXEM A GENTE IR E DANÇAR AO SOM DE UMA BANDA NA ILHA-FANTASMA; SE A BANDA NÃO PUDER TOCAR, DEVEMOS DANÇAR AO SOM DA MELODIA".

    E assim que a criatura minúscula mandou nas ervas daninhas, todas elas cresceram como se a plantação não tivesse sido limpa fazia dois anos. Então de manhã bem cedinho, no segundo dia que limpamos tudo, o rei foi até a plantação para visitar seu milharal, mas para surpresa dele não encontrou o milharal limpo, daí ele voltou pra cidade e chamou todos nós e perguntou por que é que a gente não tinha limpado a plantação. A gente respondeu que tinha limpado ontem, mas o rei disse que não, que a gente não tinha limpado. Daí todos nós fomos até a plantação ver com os próprios olhos e vimos a plantação como se não tivesse sido limpa mesmo, igual disse o rei. Depois disso a gente se reuniu e foi limpar de novo, então voltamos para avisar o rei que a gente tinha limpado. Mas quando ele foi lá, ele não encontrou a plantação limpa de novo e voltou pra cidade e falou mais uma vez pra gente que não limpamos, daí todos nós corremos até a plantação e não encontramos ela limpa. Então nos reunimos pela terceira vez e fomos lá limpar; depois que a gente limpou, pedimos pra um dos nossos se esconder dentro de uma mata que era muito próxima da plantação, e não fazia nem meia hora que ele estava vigiando a plantação quando viu uma criatura minúscula que era só um bebê recém-nascido mandando as ervas daninhas crescerem, como ela tinha mandado antes. Daí aquele que ficou escondido na mata e estava de olho nele tentou a todo custo e conseguiu pegar ele, então levou até o rei; quando o rei viu a criatura minúscula, ele chamou todos nós para ir até o seu palácio.

Depois disso, o rei perguntou pra ele quem estava mandando as ervas daninhas do milharal crescerem após a plantação ter sido limpa. A criatura minúscula respondeu que ele estava mandando todas as ervas daninhas crescerem porque o rei escolheu todas as criaturas da Ilha-Fantasma da cidade, mas deixou ela de fora, e apesar de ser o menor de todos, ela tinha o poder de mandar que as ervas daninhas que foram limpas crescessem como se não tivessem sido limpas de jeito nenhum. Mas o rei disse que ele só tinha esquecido de escolher a criatura minúscula junto com o restante, que não foi por causa do seu tamanho pequeno.

Daí o rei pediu desculpas pra ele, que depois foi embora. Essa era uma criatura minúscula muito maravilhosa.

Depois de nós (minha esposa e eu) termos completado um período de um ano e meio nessa Ilha-Fantasma, eu falei pra eles que a gente desejava continuar nossa jornada porque a gente ainda não tinha chegado no destino, de jeito nenhum. Mas como as criaturas dessa Ilha eram muito gentis, elas deram para minha esposa muitos produtos caros como presentes, daí nós arrumamos todos os nossos pertences e de manhã bem cedinho todo o povo da Ilha-Fantasma conduziu a gente numa canoa grande e ficou cantando uma canção de "adeus" enquanto remava pelo rio. Depois de acompanharem a gente até a divisa, elas pararam, e quando descemos da canoa, elas voltaram para suas cidades cantando uma linda canção e dando adeus. Se tivessem poder para isso, iam levar a gente até o nosso destino, mas elas não tinham permissão de tocar a terra ou a mata de outra criatura.

Apesar de termos aproveitado ao nosso bel-prazer tudo naquela Ilha-Fantasma, ainda existiam várias grandes tarefas pela frente. Daí começamos nossa jornada em outra mata, mas lembre-se que não tinha estrada pra andar nessas matas, de jeito nenhum.

Conforme a gente entrou na mata, depois de ter andado uns 3 quilômetros pela mata, começamos a perceber que havia muitas árvores sem folhas murchas, galhos secos e lixo no chão, como era comum nas outras matas; como a gente estava com muita fome antes de chegar lá, botou os pertences aos pés de uma árvore. Daí olhamos em volta da árvore em busca de madeira seca para fazer uma fogueira, mas não achamos nada lá; para nossa surpresa, tinha um cheiro doce em cada parte da mata, o cheiro era como se alguém estivesse assando bolo, pão, galinhas e carne; Deus era tão bom, a gente começou a fungar o cheiro doce e ficou satisfeito demais com isso, sem sentir fome de novo. Aquela mata era muito "gananciosa", e depois de a gente ficar sentado por uma hora aos pés da árvore, o chão onde a gente estava começou a esquentar e não dava mais pra ficar sentado ali, daí pegamos nossos pertences e seguimos em frente.

Enquanto a gente ia adentrando a mata, vimos uma lagoa e nos instalamos ali, bebendo a água que tinha, mas a água secou com nossa presença e a gente estava com sede o tempo todo, daí vimos que ali não tinha uma criatura viva sequer. Mas quando a gente viu que o chão dessa mata era muito quente para ficar, sentar ou dormir até de manhã e a mata não queria que ninguém permanecesse lá por mais tempo do que o necessário, a gente foi embora e seguiu em frente, mas conforme a gente ia andando, vimos de novo muitas palmeiras desfolhadas, só com passarinhos no lugar das folhas, todas essas palmeiras formando uma fileira. A primeira que encontramos era muito alta e quando aparecemos diante dela, ela riu, daí a segunda depois dela perguntou por que estava rindo; ela respondeu que viu duas criaturas vivas na mata hoje, mas assim que chegamos na segunda árvore ela também riu tão alto da gente que uma pessoa a quase 10 quilômetros de distância podia ouvir, então todas elas juntas começaram a rir da gente e a mata toda ficou tão barulhenta que parecia uma grande feira, já que elas estavam enfileiradas. Quando levantei a cabeça e olhei pro topo delas, notei que elas tinham cabeça, e as cabeças eram artificiais, mas elas estavam conversando igual gente, apesar de conversarem numa língua estranha, e todas elas estavam fumando um cachimbo grande e comprido enquanto olhavam pra gente, e é claro que não dava pra gente saber onde elas conseguiram aqueles cachimbos. Pra elas a gente era muito estranho, porque elas nunca tinham visto seres humanos antes.

    A gente estava pensando em dormir lá, mas não conseguimos dormir ou ficar por causa daquela barulheira e risada toda. Depois de sair da "Mata-Gananciosa", entramos numa floresta por volta da uma e meia da manhã, daí a gente dormiu debaixo de uma árvore até de manhã e nada aconteceu com a gente durante aquela noite, mas a gente não tinha comido nada desde o dia que tinha ido embora da Ilha-Fantasma, a ilha mais linda no mundo das criaturas estranhas. Quando amanheceu acordamos debaixo da árvore e fizemos uma fogueira, pra cozinhar nossa comida e comer lá, mas antes de terminar de comer a gente viu os bichos daquela floresta correndo de um lado pro outro, a gente viu um monte de pássaros perseguindo os bichos de cima a baixo, esses pássaros estavam comendo a carne dos animais; os pássaros tinham uns 60 centímetros de comprimento e os pés tinham 30 centímetros e eram afiados que nem espada.

Quando esses pássaros começaram a comer a carne dos bichos, num segundo vimos uns cinquenta buracos no corpo dos animais e num segundo os animais caíram no chão e morreram, mas quando eles começavam a comer os cadáveres, não demorava mais do que dois minutos pra eles acabarem com eles (os corpos) e assim que eles acabavam de comer, começavam a caçar outros bichos ao redor. Quando esses pássaros viram onde a gente estava sentado, olharam para nós de um jeito feroz e espantado, mas quando me dei conta de que eles podiam nos pegar igual eles devoraram os animais, então juntei folhas secas e botei fogo nelas, depois disso eu joguei meu pó de *juju* que ganhei de um amigo meu que era uma criatura de duas cabeças na Mata dos Espíritos, o Segundo País dos Fantasmas. O cheiro do pó enxotou todos esses pássaros por alguns minutos. Daí a gente conseguiu viajar naquela floresta de dia o máximo que deu. Mas quando ficou de noite sentamos debaixo de uma árvore e botamos nossos pertences ali; para se abrigar a gente estava sentando e dormindo debaixo de árvores toda vez que ficava de noite. Enquanto a gente estava ali sentado sob essa árvore e pensando nos perigos da noite, a gente viu um Espírito de Rapina; ele era grande igual um hipopótamo, mas andava em pé como um ser humano; cada perna tinha dois pés e o triplo do tamanho do corpo; as duas pernas pareciam uma cabeça de leão e todas as partes do corpo eram cobertas de escamas duras, cada escama tinha o mesmo tamanho de uma pá ou uma enxada, todas curvadas para dentro. Se esse Espírito de Rapina quisesse capturar a presa, bastava simplesmente ficar parado olhando pra ela, sem precisar caçar a presa ao redor, e quando ele focava muito bem a presa, daí ele fechava os grandes olhos, mas antes de abrir eles a presa já estava morta e se arrastando até o local onde ele estava parado. Quando esse Espírito de Rapina se aproximou do local onde a gente dormiu de noite, ele ficou a uns 70 metros de distância de nós, encarando a gente com olhos que lançavam um feixe de luz da cor do mercúrio.

Como essa luz estava cintilando sobre a gente, logo começamos a sentir calor, como se a gente estivesse se banhando com água quente, e esse calor todo fez minha esposa desmaiar. Mas naquele momento eu estava rezando pra Deus não deixar esse Espírito de Rapina fechar os olhos, porque se ele fechasse já era, a gente ia perecer ali. Mas Deus é tão bom que não lembrou de fechar os olhos dele naquela hora, e eu mesmo já estava sentindo demais o calor daqueles olhos e quase desmaiei sufocado. Daí eu vi um búfalo passando naquele instante, e esse Espírito de Rapina fechou os olhos como de costume e o búfalo morreu e se arrastou até ele, que depois começou a devorar ele. Nessa hora eu tive chance de escapar dele, mas quando lembrei que minha esposa tinha desmaiado olhei ao redor de onde a gente tinha sentado e vi uma árvore cheia de galhos, daí que eu subi nela com minha esposa e deixei nossos pertences aos pés daquela árvore. Pra minha surpresa, ele devorou o cadáver do búfalo em quatro minutos e imediatamente lançou um feixe de luz dos seus olhos em direção ao local onde a gente estava sentado antes de subir na árvore; ele não encontrou nada ali além dos nossos pertences. Daí quando ele mirou o feixe de luz dos seus olhos em nossos pertences, os pertences se arrastaram até ele, mas quando ele abriu nossas trouxas, ele não encontrou nada para comer. Depois disso ele esperou a gente até o dia quase amanhecer e quando percebeu que não conseguiria mais pegar a gente, ele foi embora.

Como cuidei da minha esposa a noite toda, ela já estava bem melhor de manhã bem cedinho. Daí nós descemos da árvore, juntamos nossos pertences e começamos logo nossa jornada. Antes das cinco da tarde a gente deixou aquela mata pra trás. Foi assim que a gente se safou do Espírito de Rapina etc.

Começamos nossa jornada em outra mata, com novas criaturas, essa mata era menor que a outra que a gente tinha deixado pra trás e era bem variada, porque nela encontramos muitas casas em ruínas havia centenas de anos, e todas as propriedades daqueles que foram embora permaneciam ali como se fossem usadas todos os dias; lá a gente viu uma estátua sentada em cima de uma pedra plana; ela tinha dois peitos compridos com olhos fundos; era muito feia e horrível de olhar. Continuamos nossa caminhada nessa cidade em ruínas e vimos outra estátua com um cesto cheio de nozes-de-cola na frente, daí eu peguei uma das nozes, mas pra nossa surpresa, assim que eu peguei uma, a gente ouviu de repente uma voz de alguém dizendo: NÃO PEGA, NÃO! DEIXA AÍ! Mas não dei atenção ao que a gente ouviu. Imediatamente peguei a noz-de-cola, a gente seguiu em frente e de novo, pra nossa surpresa, lá a gente viu um homem que estava andando de costas ou para trás, seus dois olhos estavam nos joelhos, seus dois braços nas coxas, seus dois braços eram maiores do que os pés e os dois alcançavam o topo da árvore; e ele também segurava um longo chicote. Ele ficou perseguindo a gente com o chicote enquanto a gente seguia às pressas, daí começamos a fugir para salvar nossa pele, mas ele ficou perseguindo a gente de um lado pro outro pela mata por duas horas; ele queria açoitar a gente com aquele chicote. Mas enquanto a gente estava fugindo dessa criatura entramos numa estrada grande sem querer, e assim que entramos na estrada, ele se afastou rápido da gente, apesar de a gente não saber dizer se ele deveria percorrer aquela estrada.

Quando alcançamos essa estrada, esperamos por meia hora; quem sabe a gente pudesse ver alguém passar, porque a gente não sabia pra que lado seguir, e a estrada podia não existir de jeito nenhum. Mas apesar de a gente esperar por meia hora, ninguém passou, nem sequer uma mosca.

Como a estrada estava muito limpa, percebemos que não dava pra rastrear pegadas, daí a gente achou que essa era a estrada que levava à CIDADE DO PARAÍSO SEM RETORNO, a cidade onde os seres humanos e outras criaturas estavam destinados a entrar; se alguém entrasse ali, sem dúvida não voltaria mais porque os habitantes dessa cidade eram muito maus, cruéis e impiedosos.

A CAMINHO DA CIDADE DO PARAÍSO SEM RETORNO

Agora a gente estava seguindo por essa estrada pelo lado norte e a gente estava muito feliz por estar andando nela, mas ainda sem encontrar nenhuma marca ou pegada no caminho. A gente andou por ali desde as duas até as sete da noite sem chegar em cidade nenhuma ou no fim, daí a gente parou à beira da estrada e acendeu uma fogueira lá; cozinhamos nossa comida, comemos e dormimos lá, mas nada aconteceu com a gente durante a noite toda. Quando amanheceu a gente acordou, cozinhou nossa comida e comeu.

Depois a gente iniciou nossa jornada, mas apesar de a gente ter andado de manhã até as quatro da tarde, ainda assim a gente não viu nem encontrou ninguém nessa estrada, daí a gente teve certeza que era a estrada da Cidade do Paraíso Sem Retorno, então não seguimos em frente; paramos por ali e dormimos até de manhã. De manhã bem cedinho a gente acordou e preparou a comida e comeu ali mesmo, depois a gente pensou em andar mais um pouco antes de sair daquela estrada.

Mas conforme a gente avançava e queria desviar pra esquerda, para continuar nossa jornada na mata como de costume, não conseguimos virar ou parar ou voltar pra trás, a gente estava só sendo arrastado em direção à cidade. Tentamos a todo custo parar, mas foi em vão.

Agora o que a gente se perguntava era como é que a gente podia parar, porque a gente estava se aproximando da cidade. Daí eu lembrei de um dos meus *jujus* que tinha escapado de mim e pedi pra ele parar a gente, mas em vez disso começamos a nos mexer mais rápido do que antes. Quando faltava menos de 0,5 quilômetro para chegar na cidade, demos num portão grande que cruzava a estrada, daí paramos, mas a gente não conseguia andar nem pra frente nem pra trás. Ficamos ali parados diante daquele portão por umas três horas antes de ele se abrir, daí fomos arrastados pra dentro da cidade de forma inesperada e a gente não sabia quem estava nos empurrando. Quando entramos na cidade vimos criaturas que a gente nunca tinha visto antes na vida e eu não conseguia descrever todas elas, mas tenho que contar algumas de suas histórias: essa cidade era muito grande e cheia de criaturas desconhecidas, tanto adultos quanto crianças eram muito cruéis com os seres humanos, e ainda assim estavam procurando por formas de tornar suas crueldades ainda piores; assim que entramos na cidade, seis delas seguraram a gente com força e o resto bateu em nós, e as crianças não paravam de jogar pedra na gente.

Essas criaturas desconhecidas estavam fazendo tudo errado, porque lá a gente viu que se uma delas quisesse subir na árvore, tinha que primeiro subir na escada antes de encostar ela na árvore; e tinha uma planície perto da cidade, mas as casas tinham sido construídas do lado de uma colina íngreme, daí todas as casas ficaram inclinadas como se estivessem prestes a ruir, e os filhos ficavam sempre rolando das casas, mas os pais não ligavam; ninguém se lavava, de jeito nenhum, mas lavavam os bichos de estimação; elas se enrolavam num tipo de folha como se fosse roupa, mas tinham roupas caras para os bichos de estimação e cortavam as unhas dos bichos de estimação; mesmo lá a gente viu muitas dessas criaturas dormindo no telhado das casas e elas diziam que só dava pra usar as casas que construíram com as próprias mãos para dormir em cima.

A cidade delas era cercada por uma muralha grossa e alta. Se qualquer pessoa na face da Terra parasse ali por engano, pegariam ela e começariam a cortar sua carne em pedacinhos, com a pessoa ainda viva, às vezes apunhalavam os olhos de uma pessoa com uma faca afiada e deixavam a faca lá dentro até a pessoa morrer de dor. Enquanto seis criaturas seguravam a gente com força, levaram a gente até o rei delas, e conforme a gente ia andando o resto delas e as crianças ficavam batendo e tacando pedra na gente. E como a gente queria entrar no palácio do rei, lá vimos muitas delas no portão do palácio do rei esperando pra bater na gente. Quando entramos no palácio, levaram a gente até os súditos do rei. Depois os súditos conduziram a gente até o rei, e quando entramos no palácio milhares delas estavam esperando por nós no portão do palácio, algumas com porretes, facas, cutelos e outras armas de luta, e todas as crianças tinham pedras nas mãos.

A pergunta que o rei fez pra gente foi: "De onde vocês estão vindo?". Eu respondi que a gente vinha da Terra. Ele perguntou como a gente foi parar ali naquela cidade. Eu respondi que foi a estrada deles que trouxe a gente até a cidade e que a gente não queria ir pra lá, de jeito nenhum. Depois ele perguntou pra onde a gente ia. Daí eu respondi que a gente estava indo pra cidade do meu fazedor de vinho de palma, que tinha morrido na minha cidade um tempo atrás. Como eu já disse que essas criaturas desconhecidas eram muito cruéis com qualquer pessoa que parasse na cidade delas por engano, e como eu respondi a todas as perguntas, ele repetiu o nome da cidade para nós de novo: "Cidade do Paraíso Sem Retorno". Ele disse: uma cidade onde só vivem inimigos de Deus, onde só tem criaturas cruéis, gananciosas e impiedosas. Depois de dizer isso ele mandou que seus súditos raspassem nossa cabeça, e quando os súditos e o povo no portão ouviram isso do rei, eles pularam de alegria e gritaram. Deus é tão bom que os súditos não levaram a gente pro lado de fora do palácio antes de começar a raspar nossa cabeça conforme o rei tinha mandado; do contrário, a gente seria cortado em pedacinhos pelo povo, que esperava pela gente no portão do palácio.

Daí o rei deu pedras lascadas pra eles usarem como navalhas, e os súditos ficaram raspando o cabelo com pedras lascadas, mas as pedras lascadas não conseguiam raspar o cabelo igual uma navalha e só machucavam a cabeça toda da gente. Depois de tentarem a todo custo e fracassarem, o rei então deu cacos de garrafas quebradas pra eles usarem, e quando eles pegaram os cacos, rasparam parte do cabelo à força, e o sangue não deixava eles verem o resto do nosso cabelo direito. Mas antes de começarem a raspar o cabelo, eles amarraram a gente com cordas fortes numa das pilastras daquele palácio. Depois de rasparem parte do cabelo, eles deixaram a gente preso lá e foram moer pimenta; depois de um tempo, eles trouxeram a pimenta e esfregaram a nossa cabeça com ela, daí botaram fogo num trapo grosso e amarraram perto da nossa cabeça, quase tocando nela. Naquela hora a gente não sabia se ainda estava vivo ou morto, e a gente não conseguia proteger nossas cabeças porque nossas mãos e nossos corpos estavam amarrados naquela pilastra. Quando fazia quase meia hora que eles tinham acendido o fogo perto da nossa cabeça, eles apagaram e começaram a raspar nossa cabeça de novo com uma grande casca de caracol, daí naquela hora cada parte da nossa cabeça ficou sangrando, mas antes disso todo o povo que estava no portão esperando por nós tinha voltado pra casa, cansado de tanto esperar.

Depois disso levaram a gente pra um campo aberto onde tinha um sol de rachar, lá não existiam árvores ou sombra perto e era aberto como um campo de futebol; era perto da cidade. Daí eles cavaram no meio daquele campo duas fossas ou buracos lado a lado, num tamanho que batia no queixo de uma pessoa. Depois eles me puseram num buraco e minha esposa no outro, jogando terra em cima e comprimindo ela de um jeito que mal dava pra gente respirar. E então eles colocaram comida perto da nossa boca, mas a gente não conseguia tocar ou comer, eles sabiam que a gente estava com muita fome naquele momento. E depois todos eles cortaram os chicotes e começaram a açoitar nossa cabeça, e a gente não podia nem usar as mãos pra proteger nossa cabeça. Por último eles trouxeram uma águia diante da gente para arrancar nossos olhos fora com uma bicada, mas a águia ficava simplesmente olhando pra nossa cara; ela não machucou a gente.

Daí essas pessoas voltaram pra casa e deixaram a águia lá com a gente. E como eu tinha domesticado um pássaro desse na minha cidade antes de ir embora, essa daí não machucou a gente de jeito nenhum e ficamos nesses buracos das três da tarde até o amanhecer, e quando eram umas nove da manhã o sol apareceu nos castigando com tudo; quando eram dez horas, essas pessoas voltaram e acenderam uma grande fogueira em volta da gente e açoitaram a gente por alguns minutos, daí foram embora. Mas quando o fogo estava prestes a apagar, as crianças apareceram com chicotes e pedras e começaram a chicotear e jogar pedra na nossa cabeça; quando pararam, elas começaram a subir na nossa cabeça e pular de uma para outra; depois passaram a cuspir, urinar e cagar na nossa cabeça; mas quando a águia viu que elas queriam unhar nossa cabeça, ela enxotou todos dali do campo com sua bicada. Mas antes daquelas pessoas (adultos) irem embora, agendaram a hora que iam voltar e fazer a última visita pra gente: às cinco da tarde do nosso segundo dia naquele buraco. Deus é tão bom que quando eram umas três da tarde uma chuva pesada caiu e choveu até tarde da noite e isso desanimou eles de fazer uma última visita.

Como choveu forte, quando era uma da madrugada os buracos na terra tinham amolecido, daí quando a águia viu a gente tentando sair do buraco, ela se aproximou e começou a cavar com as garras o buraco onde eu estava, mas os buracos eram profundos demais, então ela não conseguia cavar tão rápido como queria. Mas quando eu chacoalhei meu corpo pra esquerda e pra direita, consegui sair, corri até a minha mulher e tirei ela do buraco também. Daí a gente deixou o campo às pressas e foi pro portão principal da cidade, mas, pro nosso azar, estava trancado e a cidade estava todinha cercada por uma muralha grossa e alta, daí tivemos que nos esconder perto da muralha, numa mata que não era limpa fazia muito tempo. Quando amanheceu o povo veio até o campo e não encontrou nada lá; depois disso começaram a procurar por nós e quando chegaram na mata onde a gente se escondeu, eles ficaram pisando nas folhas junto com a gente, daí, como não conseguiram rastrear nossas pegadas, acharam que a gente tinha ido embora da cidade.

Como o sol estava muito quente, todo lugar secava bem rápido; quando eram por volta das duas da madrugada e todos já tinham dormido, a gente foi pra cidade com cautela e pegou da fogueira deles um pouco de fogo que ainda não tinha se apagado. Todas as casas eram cobertas de palha e como estava calor e elas eram grudadas umas nas outras, a gente ateou fogo em algumas casas; o fogo pegou na hora e antes que eles acordassem todas as casas tinham virado cinza e uns 90% deles também se queimaram e nenhuma criança sobreviveu. Daí o resto de nós que se safou saiu de fininho naquela noite.

Ao amanhecer, a gente entrou na cidade e não encontrou ninguém lá, daí a gente pegou uma das ovelhas deles e matou, então a gente assou e depois comeu o máximo que podia antes de embrulhar o resto pra viagem e pegamos um dos machados deles e deixamos a cidade deserta, daí quando chegamos na muralha cortamos uma parte dela como se fosse uma janela e passamos bem por ali.

E foi assim que escapamos das criaturas desconhecidas da Cidade do Paraíso Sem Retorno. Depois que a gente tinha deixado a cidade bem pra trás e achou que a gente estava livre de criaturas desconhecidas, paramos e construímos um abrigo temporário dentro da mata onde a gente estava andando; tinha a forma de uma escada e era coberta de palha, daí eu cerquei ela com paus pra nos proteger dos bichos etc. E então comecei a tratar minha mulher ali. Durante o dia, eu dava uma volta pela mata pra caçar bicho e depois eu colhia frutas comestíveis pra gente se alimentar. Quando se passaram três meses de tratamento da minha mulher, ela melhorou bem, mas eu fiquei perambulando na mata em busca de bichos, lá eu encontrei um sabre velho com o cabo de madeira comido por insetos, daí eu peguei e amarrei ele na fibra de uma palmeira, afiei no chão duro, porque não tinha nenhuma pedra, e cortei um galho forte e comprido, dobrei em forma de arco e afiei muitos gravetos como flechas pra eu defender a gente com aquilo. Mas depois que passaram três meses e alguns dias naquela casa, a gente achou que voltar pra casa do pai da minha esposa seria perigoso por causa das várias provações, e a gente não ia conseguir encontrar o caminho de volta pra sair daquele local de novo. Voltar era difícil e seguir em frente era mais difícil ainda, mas mesmo assim no fim decidimos prosseguir. Para o caso de emergência, levei o arco e as flechas e o sabre com a gente, e a gente não tinha mais nenhum pertence além desses, porque nossas coisas tinham sido tiradas de nós na Cidade do Paraíso Sem Retorno, e com certeza tinham pegado fogo junto com as casas. Daí recomeçamos nossa jornada de manhã bem cedinho, mas o dia estava tão escuro que parecia que ia cair um pé-d'água. Depois de caminhar por volta de 10 quilômetros da casa onde a gente estava, paramos e comemos a carne assada que a gente tinha levado. E voltamos a andar de novo, mas a gente mal tinha andado 2 quilômetros na mata quando deparamos com um grande rio que impedia a passagem; quando a gente chegou lá, não podia entrar porque pelo que dava pra ver era muito fundo e não tinha canoa nenhuma nem qualquer outra coisa pra gente atravessar. Paramos lá por alguns minutos até decidir andar pela margem direita do rio pensando que a gente talvez pudesse chegar até a cabeceira, mas andamos mais de 6 quilômetros e nada. Daí demos a volta e andamos pelo lado esquerdo. Quando a gente tinha andado uns 10 quilômetros sem alcançar o fim, paramos pra pensar no que dava pra fazer pra atravessar o rio. Mas naquele momento achamos que seguir pela margem do rio talvez levasse a gente até a cabeceira dele ou até um lugar seguro para descansar ou dormir à noite. Enquanto a gente seguia em frente, e a gente não tinha andado nem 0,5 quilômetro na margem do rio, apareceu uma árvore grande com mais de 300 metros de comprimento e 60 metros de diâmetro. Essa árvore era quase branca, como se fosse pintada todo dia com tinta branca, inclusive as folhas e os galhos. Como a gente estava a uma distância de quase 40 metros dela, notamos que uma pessoa espiava e estava focalizando a gente que nem um fotógrafo ao focalizar alguém. Daí, assim que vimos ela focalizando a gente daquele jeito, começamos a correr pra esquerda, mas ela virou pra aquela direção também, e aí viramos pra direita de novo, e ela fez a mesma coisa, sem perder o foco na gente, mas a gente não via quem era que estava fazendo isso, só aquela árvore que seguia os nossos movimentos. Depois que a gente viu essa árvore terrível que focava a gente, falamos que não dava mais pra esperar aquilo acontecer de novo, daí fugimos correndo pra salvar a nossa pele. Mas assim que fugimos daquela árvore, ouvimos de repente uma voz terrível, como se muitas pessoas estivessem falando de dentro de um grande poço, daí olhamos pra trás e vimos duas mãozonas saindo da árvore e fazendo um sinal de PARE, mas foi a gente ouvir ela dizer isso e a gente não parou de correr, e aí ela disse de novo: "PARE E VENHA AQUI", mas não fizemos o que ela mandou. Ela falou de novo pra gente parar, com uma voz estranha e mais forte, e dessa vez paramos e olhamos pra trás.

Mas conforme olhamos pra trás, ficamos com medo observando aquelas mãozonas, daí quando as mãozonas fizeram um sinal pra gente chegar perto, minha esposa e eu acabamos nos traindo, porque quando as mãos mandaram a gente se aproximar minha mulher apontou pra mim e eu apontei pra ela; depois minha esposa me obrigou a ir primeiro e eu empurrei ela pra ir na frente. Enquanto ficamos fazendo isso, as mãos disseram que ela desejava a gente dentro dela, daí quando a gente pensou que nunca na vida ou durante toda aquela nossa jornada na mata, nunca a gente tinha visto uma árvore com mãos e falando daquele jeito, começamos a fugir de novo, mas, pra nossa surpresa, quando as mãos viram a gente dando no pé, as mãos se esticaram infinitamente e levantaram nós dois do chão enquanto a gente fugia. Depois elas recuaram pra dentro da árvore, e quando a gente estava quase tocando a árvore, uma porta enorme se abriu e as mãos nos conduziram porta adentro.

Naquela hora, antes de a gente entrar na árvore branca, a gente "vendeu nossa morte" pra alguém na porta pela quantia de 70 libras, 18 xelins e 6 *pence*, e "emprestamos nosso medo" para alguém na porta pelo valor de 3 libras e 10 xelins por mês, daí a gente não se importou com a morte nem sentiu mais medo. Quando entramos na árvore branca, lá a gente se viu dentro de uma casa enorme que tinha no centro uma cidade grande e bonita, e as mãos nos conduziram até uma velha e depois desapareceram. Daí encontramos a velha sentada numa cadeira num salão grande, decorado com coisas caras, e ela então pediu pra gente sentar de frente pra ela e nós sentamos. Daí ela perguntou se a gente sabia o nome dela, respondemos que não, e ela disse que seu nome era MÃE-FIEL e que ela só ajudava pessoas passando por dificuldades e enfrentando castigos, mas sem matar ninguém.

Depois ela perguntou se a gente sabia o nome das mãozonas que nos levaram até ela; respondemos que não. Daí ela disse que as mãozonas se chamavam MÃOS-FIÉIS e explicou que o trabalho das Mãos-Fiéis era ficar de olho em gente que estivesse passando pela mata ou andando nela com dificuldades etc., e levar até ela.

"O TRABALHO DA MÃE-FIEL NA ÁRVORE BRANCA"

Depois de contar sua história, ela pediu para um dos criados dar comida e bebida pra gente, e depois que o criado alimentou a gente, trouxe bebida e a gente terminou de comer e beber até ficar de barriga cheia, a Mãe-Fiel falou pra gente seguir ela e a gente seguiu. Ela levou a gente até um salão de dança enorme que ficava no centro daquela casa, e lá vimos mais de trezentas pessoas dançando juntas. O salão tinha uma decoração de 1 milhão de libras (£) e havia muitas estátuas, inclusive nossas, no centro do salão. E as estátuas nossas que vimos pareciam muito com a gente e também eram brancas, e ficamos bem surpresos em encontrar nossas imagens lá, e se alguém tinha focalizado a gente que nem um fotógrafo antes de as mãos levarem a gente pra dentro da árvore branca, a gente não sabia dizer. Daí perguntamos pra Mãe-Fiel o que é que ela estava fazendo com todas aquelas estátuas. Ela respondeu que guardava como recordação e pra saber quem eram as pessoas que ela tinha ajudado nas dificuldades e provações. Esse lindo salão tinha todo tipo de comida e drinque, mais de trinta palcos com orquestras, músicos, dançarinos e sapateadores. As orquestras estavam muito ocupadas. As crianças de 7 a 8 anos estavam dançando e sapateando no palco ao som de canções melodiosas e também cantavam num tom suave, dançando sem parar até o amanhecer. Lá vimos que todas as luzes nesse salão eram coloridas e ficavam mudando de cor a cada cinco minutos. Depois ela levou a gente pra sala de jantar e pra cozinha, onde encontramos uns 340 cozinheiros que estavam sempre atarefados que nem abelhas e todos os quartos nessa casa ficavam ao longo do corredor. Daí ela conduziu a gente até o hospital, onde vimos muitos pacientes nos leitos, e ela nos entregou a um dos cuidadores para cuidar de nossas cabeças peladas, que o povo da Cidade do Paraíso Sem Retorno tinha raspado à força com uma garrafa quebrada.

A gente ficou naquele hospital em tratamento por uma semana antes de nosso cabelo crescer tudo de novo, daí voltamos até a Mãe-Fiel e ela deu um quarto pra gente.

NOSSA VIDA COM A MÃE-FIEL NA ÁRVORE BRANCA

Agora que a gente estava morando com a Mãe-Fiel e ela estava cuidando da gente com devoção fazia mais de uma semana, já tínhamos esquecido todos os nossos tormentos do passado e ela falou pra gente ir até o salão sempre que quisesse. Daí de manhã bem cedinho a gente ia pro salão e começava a comer e beber, e a gente não precisava comprar nada que a gente queria, eu passei a esbanjar todas as bebidas, já que eu era um grande bebedor de vinho de palma na minha cidade antes de ir embora. E dentro de um mês minha esposa e eu viramos ótimos dançarinos. Isso era bem estranho. Uma noite, quando a bebida já estava em falta, por volta das duas da madrugada, o garçom-chefe relatou à Mãe-Fiel que a bebida tinha acabado e não havia mais nada na despensa, daí ela deu pro garçom-chefe uma pequena garrafa que era exatamente do tamanho de um frasco de remédio e que continha uma pequena quantidade de vinho. Depois que o garçom-chefe trouxe a garrafa até o salão começamos a beber sem parar durante três dias e três noites, mas nenhum de nós conseguiu beber nem um quinto do vinho que tinha na garrafa. Daí após três meses dentro dessa árvore branca a gente virou moradores da casa e se alimentava com qualquer coisa que a gente gostava, sem precisar pagar nada. Tinha um quarto especial na casa para jogatina e eu me juntei ao grupo, mas não era bom o suficiente, daí todo o dinheiro que eu ganhei vendendo nossa "morte" foi tirado de mim por jogadores experientes, e eu tinha esquecido que um dia a gente teria que ir embora de lá e precisaria de dinheiro pra gastar. Mas com certeza quem tinha pegado o nosso medo emprestado estava pagando a gente certinho todo mês. E agora a gente já não tinha vontade de continuar nossa jornada rumo à cidade pra onde a gente estava indo antes de entrar na árvore branca e, para falar a verdade, a gente queria era ficar lá pra sempre.

Mas depois de completar um ano e duas semanas com a Mãe-Fiel, certa noite ela chamou minha esposa e eu para dizer que era a hora da gente ir embora e continuar nossa jornada como de costume. Quando ela disse isso imploramos pra ela não deixar a gente ir embora, daí ela respondeu que ela não tinha o direito de atrasar ninguém por mais de um ano e alguns dias e falou de novo que, se estivesse em seu poder, ela atenderia nosso pedido. Depois ela pediu pra gente arrumar nossos pertences e se preparar pra ir embora na manhã do dia seguinte. Daí voltamos pro nosso quarto e começamos a pensar que a gente ia começar nossas provações de novo. Não fomos no salão aquela noite e não pegamos no sono até amanhecer, e aí de manhã bem cedinho resolvemos pedir pra ela escolher a gente até o nosso destino. Então a gente foi até ela e avisou que estava pronto pra ir embora e que a gente queria que ela levasse a gente até o nosso destino por causa das criaturas horríveis na mata. Mas ela disse que não podia atender um pedido desses porque não estava autorizada a ultrapassar as fronteiras. Daí ela me deu uma arma, munição e um sabre, e pra minha esposa deu muitas roupas caras como presentes e pra nós dois deu muita carne assada, bebidas e cigarros. Depois ela acompanhou a gente, e o que deixou a gente muito surpreso foi ver a árvore se abrir como uma porta enorme e, de maneira inesperada, demos na mata de novo, enquanto a porta se fechou no mesmo instante e a árvore voltou a ser só uma árvore comum que nunca poderia se abrir daquele jeito. E no instante em que a gente se viu aos pés dessa árvore branca no interior da mata, nós dois (minha esposa e eu) de repente falamos: "A gente está na mata de novo". Porque era como se uma pessoa tivesse dormido no quarto, mas ao acordar se visse numa mata enorme.

Então pegamos nosso "medo" de volta da pessoa que tinha pegado ele emprestado e ela pagou os últimos juros que devia. Daí encontramos a pessoa que tinha comprado nossa "morte" e falamos pra ela trazer a morte de volta, mas ela disse que não podia devolver pra gente, porque tinha comprado de nós e já tinha pagado, daí deixamos nossa "morte" com o comprador e ficamos só com o nosso "medo". E quando a Mãe-Fiel levou a gente até o rio que não conseguimos atravessar antes de ver a árvore branca e entrar nela, paramos e olhamos pra ela. Passado um tempo ela apanhou do chão uma vara do tamanho de um palito de fósforo e jogou no rio, e naquele instante a gente viu uma ponte estreita que atravessava o rio até a outra ponta. Daí ela falou pra gente atravessar pra outra margem do rio, mas ficou parada no mesmo lugar e assim que chegamos do outro lado ela esticou a mão e tocou a ponte, mas foi só aquela vara que vimos na mão dela. Depois disso ela ficou cantando e acenando pra gente e ficamos fazendo a mesma coisa pra ela também, até ela desaparecer de uma vez. E foi assim que a gente se separou da Mãe-Fiel na árvore branca que era fiel a todas as criaturas.

Pegamos nosso "medo" de volta e recomeçamos nossa jornada como de costume, mas antes de fazer uma hora que a gente tinha deixado a Mãe-Fiel, veio uma chuva pesada e fomos castigados pela chuva por duas horas antes de parar, sem abrigo nenhum na mata pra proteger a gente da chuva ou de qualquer outra coisa. Minha esposa não conseguia andar tão rápido quanto a gente gostaria, daí paramos e comemos a carne assada que a Mãe-Fiel tinha dado pra gente e descansamos lá por duas horas até que começamos a viagem de novo. E enquanto a gente estava andando pela mata, encontramos uma jovenzinha vindo na nossa direção, mas assim que a gente viu ela tomamos outro rumo e ela tomou o mesmo rumo, daí a gente parou pra esperar ela se aproximar e fazer o que ela queria, porque a gente já tinha vendido nossa "morte" e não podia morrer de novo, mas a gente estava com medo dela porque não tinha vendido nosso "medo". Quando essa moça chegou perto da gente, percebemos que ela estava com um longo vestido chique e que tinha muitas contas de ouro em volta do pescoço e que ela estava com sapatos de salto alto que pareciam de alumínio, ela era alta como uma vara de 3 metros e sua tez era de um vermelho-escuro. Depois de chegar perto da gente, ela parou e perguntou pra onde a gente estava indo. A gente respondeu que estava indo pra Cidade dos Mortos e ela perguntou de onde a gente estava vindo. A gente respondeu que estava vindo da Mãe-Fiel na árvore branca. E depois de dizer isso ela então disse pra gente seguir ela, mas quando ela falou isso ficamos com medo dela e minha esposa falou: "Isso aí não é gente e também não é espírito, então o que é que ela é?". Daí seguimos ela como ela mandou. Depois de andar com ela na mata uma distância de uns 10 quilômetros, entramos na Mata-Vermelha e a mata era toda vermelho-escura, incluindo todas as árvores, o chão e as criaturas vivas daquele lugar. Assim que entramos nessa Mata-Vermelha, minha esposa e eu ficamos vermelho-escuros igual aquela mata, e na mesma hora que entramos nessa Mata-Vermelha, estas palavras saíram da boca da minha esposa: "Isso só dá medo no coração, mas não é perigoso pro coração".

"NÓS E O POVO-VERMELHO NA CIDADE-VERMELHA"

Depois de andar uns 20 quilômetros na Mata-Vermelha com a Moça-Vermelha, entramos numa Cidade-Vermelha e lá a gente viu que as pessoas e também os animais domésticos eram da cor vermelho-escura. Daí entramos numa casa que era a maior naquela área, mas como a gente estava com fome antes de chegar lá, pedimos pra moça dar comida e água pra gente. Passado um tempo, ela trouxe os dois pra nós, mas pra nossa surpresa a comida e a água eram vermelhas que nem tinta vermelha, mas tinham gosto de comida e água comuns, daí comemos a comida e bebemos a água também. Depois dela trazer a comida pra gente, ela deixou a gente lá e foi embora, mas quando sentamos lá essas pessoas vermelhas chegaram perto e ficaram olhando pra gente com espanto. Alguns minutos depois a moça voltou e falou pra gente seguir ela e a gente seguiu. Daí ela levou a gente pra dar uma volta na cidade e mostrou tudo pra gente e depois levou a gente até o rei, que também era vermelho que nem sangue. O rei cumprimentou a gente de um jeito amável e falou pra sentarmos de frente pra ele. Então ele perguntou pra nós de onde a gente tinha vindo. A gente respondeu que estava vindo da Mãe-Fiel, que era encarregada da árvore branca. Quando ele ouviu isso da gente, ele falou que a Mãe-Fiel era sua irmã, daí contamos pra ele como ela ajudou a gente nas dificuldades etc. Depois ele perguntou pra gente qual era o nome da nossa cidade. Falamos qual era o nome. Daí ele perguntou se a gente ainda estava vivo ou se a gente tinha morrido antes de chegar ali. A gente disse pra ele que ainda estava vivo e que a gente não estava morto.

Depois ele mandou a Moça-Vermelha que tinha levado a gente até ele acomodar a gente num dos quartos do palácio, mas o quarto ficava muito afastado dos outros quartos e ninguém morava lá perto. Daí entramos no quarto e começamos a pensar: qual seria a intenção dele, o Rei-Vermelho do Povo-Vermelho na Cidade-Vermelha? Era o que a gente se perguntava, e a gente não conseguiu pegar no sono por causa dessa pergunta.

De manhã bem cedo fomos até o Rei-Vermelho e sentamos de frente pra ele e esperamos pra ver o que ele ia dizer. Mas quando eram umas oito horas, a Moça-Vermelha que trouxe a gente até o rei chegou e sentou atrás de nós. Passado um tempo o Rei-Vermelho começou a contar a história da Cidade-Vermelha, do Povo-Vermelho e da Mata-Vermelha. Ele disse: "Todos nós nessa Cidade-Vermelha já fomos seres humanos nos velhos tempos, quando os olhos de todos os seres humanos ficavam nos joelhos, quando a gente andava curvado por causa da gravidade do céu e quando a gente andava pra trás e não pra frente, como hoje em dia". Ele também disse: "Um dia, quando eu ainda estava entre os seres humanos, armei uma armadilha numa mata que não era próxima de nenhum rio, onde não tinha nem um lago perto, daí eu joguei uma rede de pesca dentro de um rio que era muito longe de qualquer mata, onde não tinha nem um pedaço de terra por perto. E na manhã seguinte, fui primeiro para o rio onde eu joguei a rede de pesca, mas pra minha surpresa a rede tinha capturado um pássaro-vermelho em vez de um peixe e o pássaro-vermelho ainda estava vivo dentro do rio. Daí eu tirei a rede com o pássaro-vermelho e deixei na margem do rio. Em seguida fui pra mata onde eu tinha preparado uma armadilha pros bichos da mata e a armadilha tinha capturado um grande peixe-vermelho, que ainda estava vivo. Depois disso eu levei a rede e a armadilha com o pássaro-vermelho e com o peixe-vermelho pra minha cidade. Mas quando meus pais viram o peixe-vermelho que a armadilha tinha prendido em vez de um bicho da mata e depois viram que a rede de pesca tinha capturado um pássaro-vermelho em vez de um peixe e que os dois estavam vivos, me mandaram devolver eles pro lugar de onde eu trouxe, e eu peguei os dois e voltei pra devolver onde eu tinha capturado.

"Mas quando eu estava indo parei na metade do caminho à sombra de uma árvore e acendi uma fogueira ali pra depois jogar essas duas criaturas no fogo. Minha intenção era queimar eles até virar cinzas e voltar pra minha cidade a partir dali. Mas o que me surpreendeu mais foi que, quando joguei essas criaturas vermelhas no fogo, elas ficaram falando que nem gente, dizendo que eu não devia atirar elas no fogo porque nenhuma criatura vermelha devia ficar perto do fogo, e quando eu ouvi isso delas fiquei muito apavorado. É claro que não escutei elas, eu só estava tirando elas da rede e da armadilha pra atirar no fogo, mas conforme eu tirava elas da rede e da armadilha, elas continuaram se vangloriando de que eu não podia atirar elas na fogueira de jeito nenhum.

Quando escutei isso delas, eu fiquei muito incomodado e atirei elas na fogueira à força. E assim que essas criaturas vermelhas caíram no fogo, elas ficaram dizendo que eu devia tirar elas da fogueira logo, mas eu falei pra elas que não dava pra fazer isso de jeito nenhum. Passado um tempo, queimou metade do corpo delas, mas continuaram falando. Daí eu juntei mais galhos secos e atirei na fogueira, mas quando o fogo atiçou eu de repente fiquei coberto com a fumaça que saía do fogo e mal conseguia respirar. Antes de conseguir me achar em meio àquela fumaceira toda eu fiquei vermelho, e quando eu vi que fiquei vermelho fugi correndo até minha cidade e entrei na nossa casa, mas a fumaça ficou me seguindo enquanto eu corria pra casa e ela entrou na casa junto comigo. Quando meus pais viram que eu tinha ficado vermelho, eles quiseram me lavar, achando que talvez o vermelho pudesse desaparecer, mas assim que a fumaça entrou junto comigo o povo todo ficou vermelho também, daí nós fomos até o rei, que estava no trono, pra mostrar pra ele o que tinha acontecido, mas a fumaça não deixou o rei falar nada antes de se espalhar por toda a cidade e todo o povo, os bichos de estimação, a cidade, o rio e a mata ficarem vermelhos ao mesmo tempo.

"E quando todo mundo fracassou ao tentar tirar o vermelho da pele, depois de sete dias que a gente tinha ficado vermelho, todos nós e nossos bichos de estimação morremos, daí fomos embora da cidade e fincamos raízes aqui, mas a gente continuou vermelho igual antes de morrer, e nossos bichos, rios, nossa cidade e mata e tudo o que a gente encontrou aqui ficaram vermelhos também, e desde então a gente é chamado de Povo-Vermelho e nossa cidade de Cidade-Vermelha etc. Mas depois de uns dias estabelecidos aqui, o peixe-vermelho e o pássaro-vermelho vieram pra cá e passaram a morar dentro de um grande buraco bem perto dessa região. Desde que as duas criaturas vermelhas chegaram aqui, elas saem do buraco todos os anos para os sacrifícios humanos e oferecemos um de nós pra elas uma vez por ano pra salvar o resto de nós. Então estamos muito felizes que vocês vieram pra Cidade-Vermelha agora porque faltam só três dias pra essas duas criaturas saírem esse ano e eu ia ficar feliz demais se um de vocês oferecesse a vida pra essas duas criaturas."

Depois do Rei-Vermelho contar essa história pra nós e concluir dizendo que um de nós, querendo ou não, devia se voluntariar como sacrifício pra essas duas criaturas, perguntei pra minha esposa o que é que a gente podia fazer agora. Porque eu não queria abandonar ela nem ela me abandonar aqui sozinho e ninguém desse Povo-Vermelho queria sacrificar a própria vida em prol dessas criaturas e o rei queria uma resposta nossa o quanto antes.

E minha esposa disse as seguintes palavras: "Isso vai ser só uma perda breve, uma separação curta entre um homem e sua amada". Mas eu não entendi o significado dessas palavras, porque ela estava falando em parábolas ou que nem uma adivinha. Passado um tempo fui até o Rei-Vermelho e falei pra ele que eu ia oferecer minha vida para as duas criaturas vermelhas. E quando o Rei-Vermelho e o Povo-Vermelho ouviram isso de mim, eles ficaram extremamente felizes. A razão de eu oferecer minha vida foi que lembrei que a gente tinha vendido nossa "morte" pra alguém, e eu sabia que essas duas criaturas não iam conseguir me matar. O que eu não sabia é que esse Povo-Vermelho ia realizar a cerimônia ritual deles pra mim ou pra qualquer pessoa que sacrificasse a vida em prol dessas duas criaturas antes do dia em que as duas criaturas sairiam do buraco.

Agora que o Povo-Vermelho raspou o cabelo da minha cabeça e pintou parte dela com uma tinta vermelha e a outra parte com uma tinta branca nativa, todos eles se reuniram e me puseram de frente pros tocadores de tambor e cantores. Mandaram eu dançar enquanto os tocadores ficavam tocando os tambores pela cidade. Minha esposa também ficou seguindo a gente, mas nem parecia que ela estava prestes a me perder. E quando eram cinco da manhã, a hora em que essas duas criaturas deviam aparecer, peguei minha arma, a munição e o sabre que a Mãe-Fiel me deu antes de a gente se separar dela, daí eu carreguei a arma com a munição mais poderosa, apoiei no meu ombro e afiei o sabre, segurando firme com minha mão direita. Quando eram sete da manhã, o Rei-Vermelho e todo o Povo-Vermelho me levaram pra onde ficava o buraco e me puseram lá dentro pras criaturas vermelhas, daí voltaram todos pra cidade. O lugar não ficava a nem 1 quilômetro da cidade.

Eles me deixaram lá sozinho e correram de volta pra cidade porque se essas duas criaturas vermelhas vissem mais de uma pessoa além da que ia ser sacrificada, elas matavam também. Mas minha esposa não voltou pra cidade com eles, ela se escondeu perto de onde eu estava, mas eu não fazia ideia disso. Meia hora depois de ficar parado no buraco comecei a ouvir uma coisa fazendo barulho como se milhares de pessoas estivessem naquele buraco, o lugar todo estava tremendo, e naquele instante peguei minha arma do ombro, segurei firme e mirei no buraco. E quando essas duas criaturas estavam saindo do buraco, elas não caminhavam lado a lado, mas uma atrás da outra, e quando a que estava na frente apareceu e veio na minha direção, vi que era a forma do peixe-vermelho. Pra falar a verdade, quando eu vi esse peixe-vermelho, fiquei muito apavorado e quase desmaiei, lembrei que a gente tinha vendido nossa "morte" e não podia morrer de novo, mas fiquei apavorado porque a gente não vendeu nosso "medo". Quando o peixe-vermelho apareceu, sua cabeça parecia uma cabeça de tartaruga, mas era grande que nem a de um elefante e tinha mais de trinta chifres e olhos grandes em volta da cabeça. Todos esses chifres se abriam como guarda-chuvas. O peixe não conseguia andar, só deslizava pelo chão igual uma cobra e o corpo era que nem um corpo de morcego, todo coberto por longos cabelos vermelhos que pareciam cordas. Ele só conseguia voar distâncias curtas, e se gritava dava pra ouvir até depois de 5 quilômetros. Todos os olhos em volta da cabeça dele ficavam abrindo e fechando ao mesmo tempo como se um homem estivesse ligando e desligando um botão.

Ao mesmo tempo que esse peixe-vermelho me viu ali parado em frente ao buraco, ele ficou rindo e vinha pra mais perto de mim igual gente, mas eu disse para mim mesmo que esse era gente de verdade. Daí eu fiquei a postos enquanto ele chegava perto de mim rindo, mas quando estava a menos de 10 metros pra me alcançar, dei um tiro no meio da cabeça dele e antes da fumaça da arma se espalhar recarreguei ela e atirei de novo, acertando no mesmo lugar. E quando minha esposa viu o peixe-vermelho sair do buraco, ela saiu de onde estava escondida e correu de volta pra cidade. Quando o peixe-vermelho estava saindo do buraco, eu sabia que podia matar ele, mas não tinha mais nenhum *juju*, todos ficaram fraquinhos de tanto eu usar.

Depois disso eu recarreguei a arma pra segunda criatura vermelha (pássaro-vermelho) e, em cinco minutos, ela apareceu e me preparei pra pegar ela. Vi que era um pássaro-vermelho, mas sua cabeça podia pesar 1 tonelada ou mais e tinha seis dentes muito grossos e longos, de uns 15 centímetros, que apareciam por fora do bico.

A cabeça dele era coberta com todos os tipos de inseto, e eu mal consigo descrever tudo deles aqui. Daí assim que o pássaro me viu, ele abriu o bico e veio na minha direção pra me engolir, mas eu tinha me preparado, e quando ele estava quase me alcançando ele parou e engoliu o peixe-vermelho que eu tinha matado primeiro. Depois disso ele voltou a vir na minha direção e eu dei um tiro, daí carreguei a arma de novo e atirei até ele morrer.

Quando eu vi que tinha matado essas duas criaturas vermelhas, lembrei do que minha esposa disse assim que a gente encontrou a Moça-Vermelha que levou a gente até o Rei-Vermelho. Minha esposa tinha dito: "Isso só dá medo no coração, mas não é perigoso pro coração".

Fui até o Rei-Vermelho da Cidade-Vermelha e contei pra ele que eu tinha matado ambas as criaturas vermelhas, e foi ele ouvir isso de mim que ele levantou da cadeira e me acompanhou até onde eu tinha matado as duas criaturas vermelhas. E quando o Rei-Vermelho viu que as duas criaturas vermelhas estavam mortas, ele falou: "Eis aqui outra criatura horrível e nociva que pode arruinar minha cidade no futuro" (ele estava me chamando de criatura horrível e nociva). Quando me disse isso, ele me deixou lá e voltou pra cidade, daí ele reuniu todo o povo da cidade e contou pra eles o que tinha visto. Como esse Povo-Vermelho podia se transformar em qualquer coisa que quisesse, antes de eu chegar na cidade todos eles tinham se tornado uma grande fogueira que queimou as casas e as propriedades deles. Enquanto as casas estavam pegando fogo, não pude entrar na cidade por causa da fumaça espessa, mas passado um tempinho o fogo e a fumaça desapareceram e eu achei que todo mundo, incluindo minha esposa, tinha virado cinzas. Mas como fiquei parado num lugar olhando pra cidade deserta, vi duas árvores vermelhas aparecerem no centro da cidade. Uma das árvores era mais baixa e mais fina do que a outra e estava na frente da árvore maior. A maior, que estava atrás, tinha muitas folhas e galhos. Quando vi essas duas árvores vermelhas aparecerem no centro da cidade, comecei a ir até elas, mas as duas se moveram para o lado oeste da cidade antes de eu chegar lá, e todas as folhas dessas árvores estavam cantando que nem gente enquanto seguiam em frente e, em questão de cinco minutos, eu não conseguia mais ver elas, e naquele instante eu não sabia que era todo o Povo-Vermelho que tinha se transformado em duas árvores vermelhas. Como minha esposa tinha desaparecido com esse Povo-Vermelho, comecei a procurar ela dia e noite, e um dia fiquei sabendo que ela estava entre o Povo-Vermelho, que tinha se transformado em duas árvores vermelhas antes de ir embora da Cidade-Vermelha. Daí eu comecei as buscas no local onde eu ouvi dizer que eles tinham se instalado, mas a nova cidade ficava a quase 130 quilômetros da Cidade-Vermelha que eles deixaram em ruínas. Depois de andar por dois dias eu cheguei lá, mas eles tinham saído de lá quando ouviram que eu estava indo pra lá também, e eu não sabia que esse Povo-Vermelho estava fugindo de mim pensando que eu ia matar eles igual eu tinha matado as duas criaturas vermelhas. Daí eles saíram daquele lugar também e começaram a procurar um lugar adequado para se instalar, mas nunca conseguiram chegar num lugar desse antes de eu encontrar eles, apesar de eu achar que ia encontrar eles como pessoas, não como duas árvores vermelhas.

Quando eu encontrei eles no meio do caminho, minha esposa me viu e começou a me chamar, mas eu não conseguia ver ela de jeito nenhum, e fiquei seguindo essas duas árvores vermelhas pra todo lugar que elas iam até conseguirem um lugar adequado para ficar por uma semana. Daí elas conseguiram um local adequado e pararam, mas eu estava muito longe delas. E quando eu cheguei nelas, vi que cada parte era cheia de casas, pessoas, animais domésticos etc., exatamente como na cidade que elas tinham incendiado antes de saírem de lá. Mas quando eu entrei nessa nova cidade, fui diretamente até o Rei-Vermelho dessa nova cidade (o mesmo rei) e falei pra ele que eu queria minha esposa, e quando ele ouviu isso chamou ela na hora e ela me viu, repetindo as palavras que tinha dito antes: "Isso vai ser só uma perda breve, uma separação curta entre um homem e sua amada", e ela disse que era esse o significado das palavras. Daí acreditei nela. Mas depois que o Povo-Vermelho se estabeleceu nessa nova cidade, eles não eram mais vermelhos porque eu tinha matado as duas criaturas vermelhas que tinham deixado eles daquela cor.

Minha esposa falou sobre a mulher que a gente encontrou: "Ela não era gente e também não era espírito, então o que é que ela era?". Ela era a Árvore-Vermelha menor que estava na frente da Árvore-Vermelha maior, e a Árvore-Vermelha maior era o Rei-Vermelho do Povo-Vermelho da Cidade-Vermelha e a Mata-Vermelha e também as Folhas-Vermelhas na Árvore-Vermelha maior eram o Povo-Vermelho da Cidade-Vermelha na Mata-Vermelha.

Agora minha esposa e eu éramos amigos desse povo e ficamos morando com eles naquela nova cidade. Alguns dias depois, a moça que levou a gente pra cidade anterior (a Cidade-Vermelha) deu pra gente uma casa grande, onde passamos a morar com conforto. "Ela não era gente, não era espírito, então o que é que ela era?" Ela era a "Dança" (a moça que levou a gente até a Cidade-Vermelha) e vocês vão lembrar de quando eu falei desses três companheiros antes: TAMBOR, CANÇÃO E DANÇA.

Então quando essa moça (Dança) viu que eu ajudei bastante eles e que eles estavam num lugar confortável e não eram mais vermelhos, ela mandou chamar os outros dois companheiros (Tambor e Canção) pra virem até a nova cidade pra uma ocasião especial. Mas como a gente podia se divertir com esses três companheiros? Porque ninguém nesse mundo tocava tambor como o Tambor tocava, ninguém nesse mundo cantava uma canção como a Canção cantava e ninguém nesse mundo podia dançar como a Dança dançava. Quem ia desafiar eles? Ninguém. Mas quando chegou o dia marcado para essa ocasião especial os companheiros apareceram, e quando o Tambor começou a tocar todas as pessoas que tinham morrido centenas de anos antes se levantaram e vieram testemunhar o Tambor tocar; e quando a Canção começou a cantar todos os animais domésticos daquela nova cidade, os animais da mata, as cobras, chegaram perto pra ouvir a Canção em pessoa, e quando a Dança (aquela moça) começou a dançar, todas as criaturas-da--mata, os espíritos, as criaturas-da-montanha e todas as criaturas-do-rio vieram até a cidade pra ver quem estava dançando. Quando esses três companheiros começaram a agir juntos, todo o povo da nova cidade, todo o povo que tinha saído do túmulo, animais, cobras, espíritos e outras criaturas sem nome ficaram dançando junto com esses três companheiros, e foi nesse dia que eu vi cobras dançando mais do que seres humanos ou outras criaturas. Quando todo o povo da cidade e as criaturas--da-mata começaram a dançar juntos, ninguém conseguiu parar por dois dias. E o Tambor ficou tocando até ele chegar no céu, antes de perceber que ele tinha saído do mundo e, desde aquele dia, ele não pôde voltar de novo pro mundo. A Canção cantou até entrar em um rio imenso de forma inesperada e ninguém mais viu ela de novo, enquanto a Dança ficou dançando até virar uma montanha e não apareceu pra mais ninguém desde aquele dia, daí os mortos que levantaram da cova voltaram pro túmulo e desde então eles não podem mais se levantar de lá, e todo o resto das criaturas voltou pra mata etc., mas a partir daquele dia elas não podiam mais vir pra cidade e dançar com ninguém.

Daí, quando esses três companheiros (Tambor, Canção e Dança) desapareceram, o povo da nova cidade voltou pra casa. Desde aquele dia ninguém mais podia ver os três companheiros em pessoa, mas escutamos o nome deles mundo afora e ninguém consegue fazer o que eles fizeram naquela época. Depois que eu passei um ano com minha esposa nessa nova cidade, virei um homem rico. Daí contratei muitos trabalhadores pra limpar a mata pra mim, e eles limparam uns 7 quilômetros quadrados, e depois eu plantei as sementes e os grãos que eu tinha ganhado na Ilha-Fantasma de um certo animal (como ele era chamado), o dono da terra onde fiz minha plantação antes de ele me dar as sementes e os grãos que brotaram no mesmo dia que eu plantei. Como as sementes e os grãos cresciam e davam frutos no mesmo dia, fiquei mais rico do que qualquer outra pessoa naquela cidade.

O PEÃO-INVISÍVEL

Uma noite, por volta das dez horas, vi um certo homem chegar perto da minha casa. Ele me disse que estava sempre ouvindo a palavra "POBRE", mas não sabia o significado disso e queria saber. Ele disse que queria pegar uma quantidade de dinheiro emprestado e que em troca ele trabalhava pra mim como "peão" ou como trabalhador fixo contratado.

Quando ele disse isso, perguntei quanto que ele queria emprestado. Ele disse que queria 2 mil búzios (BÚZIOS), que era equivalente a 6 *pence* na moeda inglesa. Perguntei pra minha esposa se eu devia emprestar aquela quantia pra ele e minha esposa disse que o homem seria um "TRABALHADOR ESFORÇADO MARAVILHOSO, MAS TAMBÉM UM LADRÃO MARAVILHOSO NO FUTURO". É claro que não entendi o que minha esposa quis dizer, e simplesmente dei pro homem os 6 *pence* que ele pediu. Quando ele estava pra ir embora, perguntei o nome dele, daí ele me disse que seu nome era "DÁ-E-TIRA", depois perguntei onde ele morava, e ele respondeu que estava morando numa mata que ninguém podia achar. Quando ele falou isso, perguntei como é que os outros trabalhadores podiam encontrar ele quando estivessem indo pra fazenda, daí ele respondeu que se o resto dos trabalhadores fosse de manhã bem cedinho pra fazenda, era só gritar o nome dele assim que chegassem numa encruzilhada a caminho da fazenda. Depois ele foi embora. E quando meus trabalhadores estavam indo pra fazenda de manhã bem cedinho, quando chegaram na encruzilhada e chamaram o nome dele como ele falou (gritando bem alto), ele respondeu com uma canção. Depois perguntou pra eles que tipo de trabalho eles iam fazer aquele dia. Daí responderam que iam só arar a terra, e ele falou pra eles irem na frente e arar a terra, mas ele mesmo ia arar a terra de noite, porque as crianças pequenas não podiam ver ele e era proibido os adultos olharem pra ele. E assim os trabalhadores foram até a fazenda e araram sua porção de terra. Na manhã seguinte, os trabalhadores foram até a fazenda como de costume e viram que toda a fazenda e os arbustos em volta tinham sido limpos pelo Peão-Invisível e que ele também tinha limpado todas as fazendas que pertenciam aos meus vizinhos.

Então quando os trabalhadores foram de manhã bem cedinho pra fazenda como de costume, mandei eles falarem pro Peão-Invisível que o trabalho de hoje era cortar toda a madeira, da fazenda até minha casa. Quando os trabalhadores chegaram lá eles chamaram ele e disseram que o trabalho daquele dia era cortar madeira da fazenda até a minha casa. Daí ele disse para irem e cortarem a madeira e que à noite ele ia cortar e carregar até em casa. Quando os trabalhadores chamavam ele na encruzilhada, eles não conseguiam ver ele de jeito nenhum. Mas, pra minha surpresa, quando todo mundo acordou de manhã bem cedinho, a gente não pôde sair de casa porque esse homem (Peão-Invisível) tinha trazido pra cidade lenha e toras de madeira junto com as palmeiras e outras árvores, e toda a cidade estava coberta de madeira, daí ninguém conseguia andar na cidade e a gente não sabia que horas ele tinha trazido aquilo tudo. Então todo o povo da cidade começou a cortar a madeira com machados, mas levou uma semana pra gente conseguir tirar toda aquela madeira da cidade. Como eu queria ver ele (Peão-Invisível ou Dá-e-Tira), e como ele estava trabalhando, eu mandei os trabalhadores da fazenda falarem pro Dá-e-Tira que o trabalho de hoje era cortar o cabelo das crianças da cidade, mas ele falou pros colegas irem na frente e cortarem o cabelo de suas crianças que à noite ele ia cortar a parte dele, daí os trabalhadores foram embora. Quando anoiteceu, falei para os trabalhadores ficarem de olho nele e observarem como ele ia cortar o cabelo das crianças, mas pra minha surpresa não era nem oito da noite e todo mundo na cidade já estava dormindo, não tinha sequer um bicho acordado. Depois o Peão-Invisível apareceu e cortou o cabelo de todas as pessoas naquela cidade, adultos ou mulheres com animais domésticos, ele tirou todo mundo de casa antes de raspar as cabeças, daí ele pintou com tinta branca e foi embora de volta pra mata e ninguém acordou até ele terminar todo aquele trabalho do mal. Quando era de manhã bem cedinho, todo mundo se viu acordando do lado de fora e, quando tocaram em suas cabeças, viram que estavam raspadas e pintadas com tinta branca. Mas assim que o povo dessa nova cidade acordou e viu que todo o pelo dos animais domésticos tinha sido raspado também, eles se levantaram no susto achando que tinham caído de novo nas mãos de outra criatura terrível. Mas eu acalmei eles e expliquei como a coisa tinha acontecido, daí naquele momento eles quiseram que eu fosse embora da cidade, mas pensei que eu devia fazer alguma coisa pra agradar esse povo pra eles não me expulsarem de lá. Um dia, quando os trabalhadores estavam indo pra fazenda, mandei eles falarem pro Peão-Invisível que o trabalho de hoje era matar os animais da mata e trazer eles pra minha casa. Quando ouviu isso, ele falou a mesma coisa de sempre. Ao amanhecer, a cidade estava cheia de animais da mata, daí todo o povo na cidade estava agora contente e não queria mais que eu fosse embora.

Depois disso um dia eu sentei e comecei a pensar como esse homem trabalhava desse jeito e não pedia comida etc., daí quando o milho ficou maduro eu disse pros trabalhadores dizerem que se ele fosse até a fazenda podia pegar alguns inhames, milhos etc. E disseram isso pra ele quando chegaram na encruzilhada.

Eu não sabia que esse Peão-Invisível ou Dá-e-Tira era o chefe de todas as criaturas-da-mata e que ele era o mais poderoso no mundo das criaturas-da-mata, todas essas criaturas-da-mata estavam sob suas ordens e trabalhavam pra ele todas as noites. Então depois que ele terminou o trabalho na minha fazenda à noite, junto com os ajudantes, eles pegaram todos os inhames e milhos etc.

na minha fazenda e todos os inhames e milhos etc. na fazenda do meu vizinho também. Eu não sabia de jeito nenhum que ele tinha ajudantes que trabalhavam pra ele e que em vez de ele pegar sozinho alguns inhames e milhos, todos eles levaram tudo embora à noite.

Daí lembrei do que minha esposa tinha previsto, que esse homem seria "um trabalhador esforçado maravilhoso, mas também um ladrão maravilhoso no futuro". Na manhã seguinte, quando os trabalhadores disseram pra ele levar alguns inhames e milhos da fazenda, todo mundo foi para suas fazendas mas não tinha plantação, pois essas criaturas-da-mata tinham limpado todas as fazendas que nem um campo de futebol.

E quando todos os fazendeiros ou meus vizinhos viram o que Dá-e-Tira tinha feito, eles ficaram irritados comigo porque não podiam iniciar outra plantação naquele ano e não tinha absolutamente nada pra comer, nem pra eles nem pras crianças deles – todas as minhas colheitas tinham sido roubadas também, mas eu não podia contar para os meus vizinhos. Quando essas pessoas viram o que o Peão-Invisível ou Dá-e-Tira tinha feito pra eles com seus ajudantes, elas se uniram para criar um exército contra mim e me expulsar da cidade, pra se vingar da grande perda que Dá-e-Tira tinha causado pra eles por culpa minha. Daí essas pessoas se juntaram e formaram um grande exército. Perguntei para minha esposa qual seria o nosso fim naquela cidade. E minha esposa disse que os nativos morreriam, mas que os dois não nativos estariam a salvo. Naquele momento eu e minha mulher ficamos escondidos na cidade porque todos os nativos da cidade estavam caçando a gente por todo canto, é claro que eles não queriam dar tiro dentro da cidade deles por causa das crianças e das esposas, e a gente (minha esposa e eu) não foi embora da cidade porque eles não podiam atirar dentro da cidade. Mas eu estava pensando como minha esposa e eu, como a gente podia escapar daquela gente, e aí minha esposa me lembrou de pedir ajuda do Peão-Invisível (Dá-e-Tira), talvez ele pudesse nos ajudar. Quando minha esposa me deu esse conselho, mandei um dos meus trabalhadores ir até o Peão-Invisível e falar pra ele que o povo da nova cidade estava formando um exército que ia me atacar em dois dias, então eu estava implorando pra ele vir ajudar a gente de manhã bem cedinho naquele dia.

"O PEÃO-INVISÍVEL NA LINHA DE FRENTE"

Mas como o Peão-Invisível não podia fazer nada durante o dia, por volta das duas da madrugada ele chegou nessa cidade com seus seguidores ou ajudantes, daí todos eles começaram a lutar contra as pessoas e mataram todas elas, deixando minha esposa e eu ali sozinhos. Como minha esposa tinha falado antes, todos os nativos morreram e os não nativos escaparam. Depois disso, antes de amanhecer, o Peão-Invisível e seus ajudantes voltaram pra mata. Mas quando eu vi que a gente sozinho (minha esposa e eu) não podia viver naquela cidade, a gente arrumou nossos pertences, meu revólver, meu sabre, e fomos embora assim que todos os nativos da cidade morreram.

E foi assim que se deu nossa vida na Cidade-Vermelha com o Povo-Vermelho e o Rei-Vermelho e como vimos o fim deles na nova cidade.

Daí recomeçamos nossa jornada para a desconhecida Cidade dos Mortos, onde estava meu fazedor de vinho de palma, que tinha morrido na minha cidade muito tempo atrás, e a gente ficou viajando de mata em mata como antes, mas a mata onde a gente estava viajando naquela época não era tão fechada nem tão assustadora. Enquanto a gente seguia em frente, minha esposa me falou pra não parar por dois dias e duas noites antes de a gente chegar no local onde tinha encontrado a Moça-Vermelha, que seguimos até a Cidade-Vermelha, e antes de chegar naquele local a gente ia andar uns 90 quilômetros. E, depois de viajar dia e noite por dois dias, a gente chegou lá, parou e descansou por dois dias. Passado um tempo, retomamos nossa jornada pra cidade desconhecida, e depois de andar quase 150 quilômetros até lá encontramos um homem sentado com um saco pesado na frente dele. Perguntamos pra ele onde ficava a Cidade dos Mortos, e ele disse que sabia onde era e que era a cidade pra onde ele estava indo naquele instante. Quando ele falou isso, falamos que então a gente ia seguir ele até a cidade, mas quando ouviu isso da gente, ele implorou pra gente ajudar ele a carregar o saco que estava na frente dele. Claro que a gente não sabia o que tinha ali dentro, mas o saco estava cheio e ele avisou que a gente não podia tirar o saco de cima da cabeça até chegar na cidade. E ele nem deixou a gente avaliar o peso, pra ver se era mais pesado do que a gente conseguia carregar. Daí minha esposa perguntou como um homem podia comprar um porco num saco. E o homem respondeu que não tinha necessidade de avaliar o peso, que quando a gente pusesse o saco na cabeça, sendo ele muito pesado ou não, a gente ia ter que carregar até a cidade. E aí ficamos parados diante dele e do saco. Mas pensei que se eu pusesse o saco na minha cabeça e não aguentasse, eu botava ele no chão na mesma hora, e se o homem tentasse me impedir de fazer isso eu tinha uma arma e um sabre, ia acertar ele sem pensar duas vezes.

Daí falei para o homem pôr na minha cabeça, mas ele disse que duas mãos diferentes não podiam tocar no saco. Quando ele falou isso, perguntei que tipo de carga era aquela. Ele respondeu que era uma carga que duas pessoas não podiam saber o conteúdo. Confiando na minha arma e tendo fé no sabre como se fosse Deus, eu falei pra minha esposa pôr o saco na minha cabeça e ela me ajudou. Quando eu pus o saco sobre a minha cabeça era como se fosse o corpo de um homem morto, era muito pesado, mas consegui carregar com facilidade. Então o homem foi na frente e seguimos ele.

Mas depois de andar quase 60 quilômetros, entramos numa cidade e a gente não sabia que ele tinha mentido ao dizer que estava indo pra Cidade dos Mortos, e a gente também não sabia que a carga era o corpo do príncipe morto da cidade onde entramos. Aquele homem tinha matado ele por engano na fazenda e estava buscando alguém para tomar o seu lugar como assassino do príncipe.

NÓS E O REI SÁBIO NA CIDADE ERRADA COM O ASSASSINO DO PRÍNCIPE

Como ele (o assassino do príncipe) sabia que se o rei descobrisse quem matou o seu filho ele (rei) mataria a pessoa, esse homem não queria se apresentar como assassino do príncipe. Daí, quando chegamos na cidade com ele (não na Cidade dos Mortos) ele disse pra gente esperar ele numa esquina que ele ia até o rei contar que alguém tinha matado o filho dele na mata e que ele tinha trazido os assassinos até a cidade. O rei então mandou trinta de seus criados, junto com o homem que tinha matado o príncipe, virem até nós e escoltar a gente com a carga. Quando chegamos no palácio, eles abriram o saco e viram o corpo do filho do rei (príncipe), e quando o rei viu que era o filho dele ali, daí ele falou para os criados botarem a gente num quarto escuro.

De manhã bem cedinho, o rei mandou os criados darem banho na gente, vestirem a gente com as melhores roupas, pôr a gente em cima de cavalos e eles (os criados) tinham que nos levar para dar uma volta na cidade para aproveitar nossos últimos sete dias de vida, depois disso ele (rei) ia matar a gente que nem a gente matou o filho dele.

Mas esses criados e o verdadeiro assassino do príncipe na mata não sabiam, de jeito nenhum, do objetivo do rei. De manhã bem cedinho os criados deram banho na gente e puseram as melhores roupas em nós e nos cavalos que a gente ia montar. Depois eles ficaram acompanhando a gente pela cidade, tocando tambores, dançando e cantando canções de lamento por seis dias, mas na manhã do sétimo dia, quando a gente devia ser morto e eles (os criados) estavam levando a gente para dar uma volta na cidade pela última vez, chegamos no centro da cidade e lá encontramos o verdadeiro assassino do príncipe, que disse pra gente carregar ele (o príncipe) até aquela cidade. Ele empurrou a gente do lombo do cavalo, montou no nosso lugar e falou para os criados que ele era o verdadeiro assassino do príncipe na mata, que ele estava achando que o rei ia matar ele para se vingar e que por esse motivo falou pro rei que foi a gente que matou o príncipe na mata. Esse homem estava pensando que o rei tinha ficado satisfeito com o assassinato do filho na fazenda e por isso mandou os criados vestirem a gente e levarem a gente pra andar a cavalo pela cidade, daí ele falou de novo para os criados levarem ele até o rei e repetiu as mesmas palavras na frente dele.

Daí ele foi levado até o rei e repetiu que ele era o verdadeiro assassino do príncipe na mata. Assim que o rei ouviu isso, mandou os criados vestirem ele como vestiram a gente, e ele montou no cavalo, andando pela cidade como andamos, e enquanto ele estava no lombo do cavalo ele ficava pulando e rindo de alegria. Quando eram cinco da tarde, ele foi levado para a mata reservada para a ocasião, foi assassinado lá e seu corpo foi entregue para os deuses daquela mata.

Depois que passamos quinze dias naquela cidade, falamos pro rei que a gente queria continuar nossa viagem até a Cidade dos Mortos e ele deu presentes pra nós e contou qual era o caminho mais curto até a Cidade dos Mortos. Um saco cheio provocaria sete dias de dança, mas a gente ia encontrar um REI-SÁBIO na cidade, como minha esposa tinha previsto. E esse foi o fim da história do saco que eu carreguei da mata até a "cidade errada".

Continuamos então nossa jornada como de costume até a Cidade dos Mortos, e depois de andarmos por dez dias, vimos a Cidade dos Mortos a uns 60 quilômetros, e dessa vez nada atrasou nosso caminho. Mesmo olhando pra cidade de uma distância longa, a gente achou que podia chegar lá no mesmo dia, mas de jeito nenhum isso aconteceu, a gente andou por mais seis dias, porque conforme a gente chegava mais perto a cidade parecia ainda estar muito longe de nós ou como se estivesse fugindo de nós. A gente não sabia que ninguém vivo podia entrar na cidade de dia, mas quando a minha esposa descobriu esse segredo ela me disse que a gente devia parar por ali e descansar até a noite. Quando anoiteceu, ela disse para eu levantar pra gente recomeçar a nossa viagem. Mas assim que começamos a andar descobrimos que a gente não ia levar mais do que uma hora para chegar lá. É claro que não entramos na cidade antes de amanhecer, pois era uma cidade desconhecida pra gente.

EU E MEU FAZEDOR DE VINHO DE PALMA NA CIDADE DOS MORTOS

Quando eram oito da manhã, entramos na cidade e perguntamos pelo fazedor de vinho de palma da minha cidade, que eu estava procurando desde quando ele morreu. Os mortos perguntaram pelo nome dele, eu falei que ele se chamava BAITY antes de morrer e que agora eu não sabia qual era seu nome atual, já que ele tinha morrido.

Quando contei pra eles qual era o nome dele e disse que ele tinha morrido na minha cidade, eles não disseram nada, mas ficaram olhando pra gente. Quando já fazia uns cinco minutos que estavam olhando assim pra gente, um deles perguntou de onde a gente tinha vindo. Respondi que a gente tinha vindo da minha cidade, daí ele perguntou qual. Falei que era muito longe dessa cidade dele e ele perguntou se as pessoas na minha cidade eram vivas ou mortas. Respondi que nunca ninguém morreu na minha cidade. Quando ele me ouviu dizer isso, ele mandou a gente voltar para minha cidade, onde só tinha vivos, e disse que era proibido que os vivos entrassem na Cidade dos Mortos.

Como o morto mandou a gente voltar, comecei a implorar pra ele deixar a gente ver meu fazedor de vinho de palma. Daí ele concordou e mostrou uma casa que não era muito longe de onde a gente estava, e falou pra gente ir lá e perguntar por ele, mas quando viramos as costas pra ele (o morto) e nos dirigimos até a casa que ele tinha apontado, todos eles ficaram irritados ao mesmo tempo ao verem a gente andando de frente e olhando pra frente, porque lá ninguém andava pra frente de jeito nenhum, mas a gente não sabia.

Assim que o morto que estava fazendo perguntas para nós viu a gente andando, ele correu até nós e mandou a gente voltar pra minha cidade, porque os vivos não podiam entrar e visitar qualquer morto na Cidade dos Mortos, daí ele falou pra gente voltar pra trás e andar de costas e a gente andou. Mas quando a gente passou a andar pra trás igual eles, eu tropecei de repente e ao tentar não cair num fosso profundo que tinha ali perto, virei sem querer meu rosto na direção da casa que ele tinha mostrado. E quando ele me viu fazendo isso, ele se aproximou de novo e disse que não ia mais permitir que a gente fosse até a casa, porque as pessoas não podiam andar pra frente naquela cidade. Daí implorei de novo e expliquei que a gente veio de uma cidade muito distante pra ver ele (o fazedor de vinho de palma). Como eu tinha tropeçado numa pedra pontuda naquele fosso, eu estava com arranhões e sangrando, e tivemos que parar um pouco para estancar a ferida porque estava sangrando muito. Quando esse morto viu que paramos, ele se aproximou mais e perguntou o que tinha feito a gente parar, daí eu apontei meu dedo pro meu machucado, e quando ele viu o sangue ficou muito irritado e arrastou a gente pra fora da cidade à força. Enquanto ele arrastava a gente pra fora da cidade, tentamos implorar de novo, mas ele falou pra gente parar de ficar dando desculpa. A gente não sabia que nenhum morto gostava de ver sangue de jeito nenhum, e foi nesse dia que descobrimos. Ele arrastou a gente pra fora da cidade, mandou a gente ficar lá e ficamos. Daí ele voltou pra casa do meu fazedor e avisou que dois vivos estavam à espera dele. Passados uns minutos, meu fazedor de vinho de palma apareceu, mas assim que ele viu a gente ele achou que eu tinha morrido antes de chegar lá, daí fez o sinal dos mortos pra nós, mas não conseguimos responder porque a gente não tinha morrido, e no mesmo momento que ele nos alcançou, viu que não dava pra gente morar com ele naquela cidade pois não conseguimos responder o sinal dele, daí antes de começar qualquer conversa ele construiu uma casinha pra gente lá. Depois colocamos nossos pertences dentro da casa e, para minha surpresa, meu fazedor também andava pra trás e não mais do jeito que ele andava na minha cidade antes de morrer. Após construir a casa, ele voltou pra cidade e trouxe comida e dez barris de vinho de palma pra nós. Como a gente estava com muita fome antes de chegar lá, comemos até encher a barriga e quando eu provei o vinho de palma não consegui tirar a bebida da boca até beber os dez barris. Depois iniciamos uma conversa que foi assim: falei pra ele que quando ele morreu eu quis morrer junto com ele para seguir ele na Cidade dos Mortos por causa do vinho de palma que ele extraía para mim de um jeito que ninguém conseguia fazer igual, mas eu não podia morrer. Daí um dia eu chamei dois amigos meus e fomos juntos até a fazenda pra gente mesmo extrair o vinho, mas não era o mesmo gosto do vinho que ele extraía antes de morrer. E quando todos meus amigos perceberam que não ia ter mais vinho de palma pra beber quando fossem na minha casa, então um por um foi me abandonando até todos desaparecerem, e mesmo se eu visse um deles por aí e chamasse, a pessoa dizia que um dia ia aparecer, mas isso não acontecia.

Apesar de no passado a casa do meu pai ser cheia de gente, agora ninguém ia mais lá. Daí um dia pensei no que eu podia fazer e cá comigo mesmo pensei que eu devia tentar encontrar ele (o fazedor de vinho) onde quer que ele estivesse e falar pra ele me acompanhar até a casa do meu pai e voltar a extrair vinho de palma como de costume. Daí recomecei minha jornada de manhã bem cedinho, e a cada cidade ou vilarejo que eu chegava eu perguntava se alguém tinha visto ele ou sabia onde ele estava, mas uns diziam que só iam me contar se eu ajudasse eles a fazer alguma coisa. E aí mostrei a minha esposa para o fazedor e contei como, quando eu fui pra uma certa cidade e o pai dela, que era o chefe da cidade, me recebeu como convidado dele, minha esposa tinha sido levada pra longe por um cavalheiro que depois ficou reduzido a um Crânio e como eu fui lá e trouxe ela de volta para o pai, que depois de ver o trabalho maravilhoso que eu tinha feito por ele me deu a filha para ser minha esposa, e depois de ter passado um ano e meio ou mais com eles lá eu decidi levar ela comigo pra procurar por ele. E contei como antes de chegar lá a gente encontrou muita dificuldade na mata, porque não tinha estrada para ir até a Cidade dos Mortos e a gente ficou andando de mata em mata dia e noite, muitas vezes até por cima dos galhos das árvores, sem pôr os pés no chão, e fazia já dez anos desde que eu saí da minha cidade. Agora eu estava extremamente feliz por ter encontrado ele e ia ficar muito agradecido se ele me acompanhasse de volta até a minha cidade.

Depois de eu contar como tudo tinha acontecido, ele não disse uma palavra sequer e voltou pra cidade, mas passado um tempo ele trouxe vinte barris de vinho de palma pra mim, daí comecei a beber. Daí ele começou a contar sua própria história: disse que após ter morrido na minha cidade, ele foi pra um certo lugar, onde todo mundo que acabou de morrer devia ir primeiro, porque a pessoa que tinha acabado de morrer não podia ir direto para ali (Cidade dos Mortos). Ele disse que quando chegou lá passou dois anos em treinamento e depois de ser qualificado como um completo morto ele veio pra Cidade dos Mortos, passou a morar com os mortos e disse que não podia me contar o que aconteceu com ele antes de morrer na minha cidade. Mas quando ele disse isso contei que ele tinha caído de uma palmeira numa tarde de domingo enquanto extraía vinho de palma e enterramos ele aos pés da mesma palmeira.

Daí ele disse que se foi isso que aconteceu, é que ele bebeu demais naquele dia.

Depois ele disse que voltou pra minha casa naquela mesma noite que ele caiu e morreu na fazenda e olhou pra cada um de nós, mas a gente não viu ele, e ele conversou com a gente, mas a gente não ouviu, daí ele foi embora. Ele falou pra nós que os mortos brancos e negros moravam na Cidade dos Mortos e que lá não tinha nem uma criatura viva sequer, de jeito nenhum. Porque tudo o que eles faziam lá era errado para os vivos e tudo o que os vivos faziam era errado para os mortos também.

Ele perguntou se eu não tinha visto que os mortos e também os animais domésticos dessa cidade só andavam para trás. Daí respondi que sim. Daí ele me falou que não podia me acompanhar de volta até minha cidade porque um morto não podia morar com os vivos e suas características não seriam mais as mesmas e que ele podia me dar tudo o que eu quisesse na Cidade dos Mortos. Quando ele disse isso, pensei no que tinha acontecido com a gente na mata, daí eu fiquei muito sentido pela minha esposa e por mim e não consegui beber o vinho de palma que ele me deu naquele momento. Eu já sabia que os mortos não podiam morar com os vivos porque vi que o comportamento deles não correspondia ao nosso, de jeito nenhum. Quando eram cinco da tarde, ele foi pra casa dele e trouxe comida para nós de novo e depois de ficar três horas com a gente ele voltou pra lá. E quando ele veio de novo de manhã bem cedinho, trouxe outros cinquenta barris de vinho de palma, que eu bebi tudo de uma vez de manhã mesmo. E quando eu vi que ele não ia acompanhar a gente até a minha cidade e que, de novo, minha esposa ficava me pressionando muito pra gente ir embora bem cedo, eu falei pra ele que a gente devia partir na manhã seguinte, daí ele me deu um ovo. Me pediu para guardar o ovo como se fosse ouro e disse que se eu chegasse na minha cidade eu devia guardar ele na minha caixa e disse que a utilidade do ovo era me dar qualquer coisa que eu quisesse no mundo e que se eu quisesse usar ele eu devia colocar ele numa grande cumbuca com água e falar o nome da coisa que eu queria. Depois de me entregar o ovo, fomos embora no terceiro dia desde que chegamos lá e ele mostrou pra gente uma estrada mais curta — e dessa vez era uma estrada de verdade, não uma mata como antes.

Começamos então nossa viagem da Cidade dos Mortos direto pra minha cidade natal, de onde eu tinha partido muitos anos antes. Enquanto a gente andava nessa estrada encontramos mais de mil mortos que estavam indo pra Cidade dos Mortos, e quando eles viam a gente indo na direção deles, eles se embrenhavam na mata e só voltavam pra estrada depois de a gente passar. Sempre que eles viam a gente, faziam um barulho desagradável para mostrar o quanto eles odiavam a gente e como ficavam irritados ao encontrar pessoas vivas. Esses mortos não conversavam de jeito nenhum, não falavam uma mísera palavra, só murmuravam. Pareciam estar se lamentando o tempo todo, os olhos deles eram selvagens e castanhos e todos vestiam roupas brancas sem uma mancha sequer.

NENHUM DOS MORTOS ERA JOVEM DEMAIS PARA ASSALTAR. BEBÊS-MORTOS MARCHANDO PARA A ESTRADA DA CIDADE DOS MORTOS

Por volta das duas da madrugada a gente encontrou naquela estrada quatrocentos bebês mortos que estavam entoando uma canção de lamento e marchando pra Cidade dos Mortos como soldados, mas esses bebês-mortos não se embrenhavam na mata como os adultos-mortos faziam quando viam a gente, eles todos seguravam varas nas mãos. E quando vimos que esses bebês-mortos não se preocupavam em se embrenhar na mata, paramos num canto da estrada pra eles passarem em paz, mas em vez disso eles começaram a bater na gente com as varas, daí fugimos pra mata, sem nos importar com os riscos que podiam existir na mata à noite porque pra gente esses bebês--mortos eram as criaturas mais assustadoras. E enquanto a gente corria pra dentro da mata, ficando mais longe da estrada, eles continuaram nos perseguindo até a gente encontrar um homem muito grande que segurava um saco enorme nos ombros, e na hora que ele viu a gente ele pegou a gente (minha esposa e eu) dentro do saco como um pescador pega peixes com sua rede. E depois que ele pegou a gente dentro do saco, todos os bebês-mortos voltaram pra estrada e foram embora. Quando o homem pegou a gente com o saco, encontramos lá muitas outras criaturas que eu não consigo descrever aqui ainda, e ele estava levando a gente cada vez mais para dentro da mata. Tentamos com todas as nossas forças sair de dentro do saco, mas não conseguimos porque ele era feito de cordas grossas e fortes, tinha quase 50 metros de diâmetro e cabiam 45 pessoas. Ele pôs o saco nos ombros enquanto andava e a gente não sabia pra onde ele estava levando a gente à noite, e a gente também não sabia quem era que estava levando a gente, se era um homem ou um espírito, ou se ele ia matar a gente, a gente não sabia de nada disso, de jeito nenhum.

COM MEDO DE TOCAR NAS CRIATURAS TERRÍVEIS DO SACO

A gente estava com medo de tocar nas outras criaturas que encontramos dentro do saco, porque cada parte do corpo delas era fria que nem gelo e áspera e cortante que nem uma lixa. O ar que saía das narinas e das bocas era quente igual vapor, ninguém falava nada dentro do saco. E como aquele homem estava carregando a gente com o saco nos ombros, o saco ficava esbarrando nas árvores e no chão, mas ele não ligava nem parava, e ele mesmo também não falava nada. Enquanto carregava a gente pra dentro da mata, ele encontrou uma criatura igual a ele, daí ele parou e eles começaram a jogar o saco de um lado para o outro sem parar. Passado um tempo eles pararam e o homem continuou o caminho, andando uns 50 quilômetros antes de amanhecer.

DIFÍCIL ERA CUMPRIMENTAR, MAIS DIFÍCIL AINDA DESCREVER E O MAIS DIFÍCIL ERA OLHAR CADA CRIATURA A CAMINHO DO DESTINO

Difícil era cumprimentar, mais difícil ainda descrever e o mais difícil era olhar cada criatura a caminho do nosso destino. Umas oito da manhã, essa criatura imensa parou quando chegou a seu destino, virou o saco pra baixo e a gente caiu no chão de forma inesperada. Foi nesse lugar que vimos que tinha nove criaturas terríveis no saco antes dela pegar a gente. Daí a gente viu uns aos outros quando caímos, mas as nove criaturas terríveis eram as criaturas mais difíceis de olhar, e vimos também a criatura imensa que estava carregando a gente pela mata durante toda aquela noite, ela era tipo um gigante, enorme e alta, sua cabeça lembrava um alguidar grande de 3 metros de diâmetro, tinha dois olhos imensos na testa que eram tão grandes como duas tigelas e os olhos ficavam revirando sempre que olhava pra alguém. Ela era capaz de enxergar um alfinete a uma distância de quase 5 quilômetros. Seus pés eram compridos e grossos como a coluna de uma casa, e nenhum sapato nesse mundo ia servir neles. A descrição das nove criaturas terríveis no saco é a seguinte: essas nove criaturas terríveis eram baixas ou tinham 90 centímetros de altura, a pele era cortante como lixa, com pequenos espinhos curtos na palma das mãos, um vapor muito quente saía do nariz e da boca quando respiravam, o corpo era frio que nem gelo e a gente não entendia a língua delas, porque soava igual sino de igreja. As mãos eram grossas, com mais de 10 centímetros de espessura e muito curtas, enquanto os pés pareciam dois blocos. Eles não tinham formato de gente ou como as outras criaturas-da-mata que encontramos no passado, as cabeças estavam cobertas com um tipo de cabelo que parecia esponja. Apesar de serem muito espertas andando, claro que os pés, tanto num chão macio quanto num chão duro, faziam barulho que nem alguém caminhando ou batendo num piso oco e coberto. E assim que a gente caiu do saco junto com elas e minha esposa e eu vimos essas criaturas terríveis, fechamos os olhos por causa da aparência terrível e assustadora delas. Passado um tempo, a criatura imensa carregou a gente pra outro lugar, abriu um buraco numa colina que tinha lá e falou pra todos nós entrarmos nela, daí ela acompanhou a gente e fechou o buraco, a gente sem saber que ela não ia matar a gente, só tinha capturado a gente como escravos. Quando entramos no buraco, encontramos lá outras criaturas assustadoras que não consigo descrever aqui. Então, quando era de manhã cedinho, a criatura imensa tirou a gente do buraco e mostrou a fazenda dela que a gente tinha que limpar, assim como faziam as outras criaturas assustadoras que encontramos no buraco. Um dia, quando eu estava trabalhando com essas nove criaturas na fazenda, uma delas me insultou na língua delas, que eu não entendia, daí a gente começou a brigar, mas quando o resto viu que eu queria matar ela, todas começaram a brigar comigo, uma por uma. Matei a primeira que veio me enfrentar, daí a segunda veio e matei ela também, e matei todas uma por uma até que veio a última criatura, que era a campeã entre elas. Quando comecei a lutar com a criatura, ela começou a se esfregar no meu corpo com seu corpo de lixa e com os pequenos espinhos da palma da mão, daí todas as partes do meu corpo ficaram sangrando. E eu tentei derrubar ela com toda a minha força e não deu, porque eu não conseguia agarrar ela com firmeza, daí ela me derrubou e desmaiei. Mas é claro que eu não podia morrer, porque a gente tinha vendido a nossa morte. Eu não sabia que minha esposa tinha se escondido atrás de uma árvore grande que ficava perto da fazenda e que ela olhava pra nós enquanto a gente estava brigando.

Como só restava a campeã das nove criaturas, quando ela viu que eu tinha desmaiado, ela foi até um tipo de planta e cortou oito folhas dela. E minha esposa estava olhando pra ela naquele momento. Daí ela foi até suas companheiras e espremeu as folhas com as duas mãos até sair um líquido que ela começou a pingar nos olhos de cada uma das companheiras e todas elas acordaram de uma vez e todas foram até nosso chefe (a criatura imensa que levou a gente até aquele lugar) pra relatar o que tinha acontecido na fazenda. Mas assim que elas saíram da fazenda, minha esposa foi até aquela planta, cortou uma folha e fez a mesma coisa que a campeã tinha feito, e quando ela espremeu a folha nos meus olhos, também acordei na hora. Como ela tinha conseguido levar nossos pertences antes de sair daquele buraco e acompanhar a gente até aquela fazenda, nós escapamos da fazenda e, antes das nove criaturas terríveis chegarem no buraco do nosso chefe, a gente já estava bem longe de lá. E foi assim que nos safamos da criatura imensa que pegou a gente no saco.

Como a gente tinha escapado, a gente ficou andando dia e noite pra criatura imensa não poder recapturar a gente. Depois de dois dias e meio, chegamos na estrada dos Mortos, para onde os bebês-mortos tinham levado a gente, e quando chegamos lá, a gente não conseguia andar por causa dos bebês-mortos assustadores etc. que ainda estavam lá.

"VIAJAR NA MATA ERA MAIS PERIGOSO E VIAJAR NA ESTRADA DOS MORTOS ERA O MAIS PERIGOSO"

Daí começamos a andar pelo interior da mata, mas perto da estrada, pra gente não se perder na mata de novo.

Depois de duas semanas andando, comecei a ver folhas que eram apropriadas para preparar o meu *juju*, daí a gente parou e preparou quatro tipos que podiam salvar a gente quando e onde a gente encontrasse qualquer criatura perigosa.

Como eu tinha preparado o *juju*, não temos nada que pudesse acontecer com a gente dentro do buraco e andamos dia e noite como a gente gostava. Daí uma noite encontramos uma criatura-faminta que estava sempre gritando "fome", e assim que ela viu a gente veio direto até nós. Quando ela estava a 1,5 metro de distância, a gente parou e olhou pra ela, porque eu já tinha *juju* nas mãos e porque eu lembrei que a gente tinha vendido nossa morte antes de entrar na árvore branca da Mãe-Fiel, daí eu não me importei em chegar perto dela. Mas conforme ela vinha em nossa direção, ela ficou perguntando sem parar se a gente tinha alguma coisa pra ela comer e naquele momento a gente só tinha bananas que ainda estavam verdes.

Demos as bananas pra ela, e ela devorou todas de uma vez e começou de novo a pedir outra coisa pra comer e não parou nem por um segundo de gritar "fome-fome-fome", e como a gente não aguentava mais ela gritando, abrimos as sacolas com nossos pertences. Talvez a gente conseguisse outra coisa de comer para dar pra ela, mas a gente só achou feijão cru e antes de dar pra criatura ela pegou das nossas mãos e devorou sem hesitar e começou de novo a gritar "fome-fome-fome" como de costume. A gente não sabia que essa criatura-faminta não se dava por satisfeita com comida nenhuma nesse mundo, e que ela podia comer toda a comida nesse mundo que ia continuar sentindo fome como se estivesse há um ano sem provar o gosto de nada. Mas conforme a gente vasculhava nossos pertences, como se a gente pudesse pegar alguma coisa pra ela, o ovo que meu fazedor de vinho me deu na Cidade dos Mortos caiu das mãos da minha esposa. A criatura-faminta viu, e ela quis pegar e engolir, mas minha esposa foi mais esperta e pegou primeiro.

Quando ela viu que não tinha conseguido pegar antes da minha esposa, começou a brigar com ela e disse que queria engolir ela. Enquanto essa criatura-faminta lutava com a minha esposa ela não parava de gritar "fome". Mas quando eu pensei cá com os meus botões que ela podia machucar a gente, daí usei um dos meus *jujus*, que fez minha esposa e nossos pertences se transformarem numa boneca de madeira, daí eu fui e guardei ela no meu bolso. Mas quando a criatura-faminta não viu mais minha esposa, ela mandou eu levar a boneca de madeira pra ela examinar, daí eu levei e ela perguntou, com ar de dúvida, se aquela não era minha esposa e os pertences. E eu respondi que não era minha esposa etc., só parecia com ela, daí ela me devolveu a boneca de madeira e eu guardei ela no bolso como antes e segui andando. Mas ela ficou me seguindo e continuou gritando "fome". É claro que eu não ouvia ela. Depois de ela já ter andado comigo mais ou menos 1,5 quilômetro, ela me pediu de novo para examinar a boneca de madeira e eu entreguei pra ela, daí ela observou a boneca por mais de dez minutos e me perguntou de novo se não era minha esposa. Respondi que não era minha esposa, que só parecia com ela, daí ela me devolveu e segui andando como de costume, mas ela ainda estava me seguindo e gritando "fome". Depois de ela ter viajado comigo por uns 3 quilômetros, pediu para ver a boneca pela terceira vez e eu entreguei pra ela, e quando ela pegou a boneca, ficou olhando pra ela por mais de uma hora e disse que era sim minha esposa e engoliu ela de forma inesperada. Quando ela engoliu a boneca, ela engoliu a minha esposa, minha arma, meu sabre, meu ovo, meus pertences e nada restou para mim a não ser meu *juju*.

Assim que ela engoliu a boneca de madeira, ela começou a se afastar de mim gritando "fome". Agora a esposa estava perdida, como é que eu ia tirar ela de dentro do estômago da criatura-faminta? Para salvar um ovo minha esposa foi parar no estômago da criatura-faminta. Enquanto eu fiquei ali parado, olhando ela se afastar de mim, vi ela se afastando tanto que eu mal conseguia ver ela, daí pensei que minha esposa, que vinha me acompanhando na mata até a Cidade dos Mortos, nunca desanimou diante de nenhuma provação, daí eu disse pra mim mesmo que ela não ia me abandonar assim e eu não ia deixar aquela criatura-faminta levar ela embora. Daí fui atrás da criatura, e quando encontrei com ela, mandei ela vomitar a boneca de madeira que tinha engolido, mas ela se recusou de todo jeito a vomitar.

ESPOSA E MARIDO NO ESTÔMAGO DA CRIATURA-FAMINTA

Eu disse que, em vez de deixar minha esposa com a criatura, eu arriscaria minha vida lutando contra ela, daí comecei a lutar, mas como ela não era gente, ela me engoliu também e continuou gritando "fome" e andando com a gente dentro dela. Como eu estava no estômago dela, usei meu *juju*, que na hora transformou a boneca de madeira de volta na minha mulher, minha arma, meu ovo, meu sabre e meus pertences. Então carreguei o revólver e atirei no estômago da criatura, mas ela andou por mais alguns metros antes de cair, e carreguei o revólver pela segunda vez e atirei de novo. Depois comecei a cortar o estômago dela com o sabre, daí conseguimos sair do estômago com nossos pertences. E foi assim que a gente se libertou da criatura-faminta, mas não consigo descrever ela por completo aqui porque eram quase quatro da madrugada e estava muito escuro. Então a gente conseguiu ir embora em segurança e agradecemos a Deus por isso.

Começamos nossa jornada de novo rumo à minha cidade natal depois de deixar a criatura-faminta, mas como ela tinha levado a gente bem pro interior da mata, a gente não conseguia traçar nosso caminho de volta pra estrada dos Mortos de novo, daí ficamos andando no meio da mata. Quando já fazia nove dias que a gente estava viajando, entramos numa cidade onde encontramos pessoas misturadas, e antes de chegar nessa "cidade misturada", minha esposa tinha ficado muito doente, daí fomos até um homem que parecia humano, e ele recebeu a gente em casa como estrangeiros, daí eu comecei a cuidar da minha esposa lá. Eles tinham um tribunal local nessa "cidade misturada", e eu vivia aparecendo no tribunal para ouvir os muitos casos julgados por lá. Mas para minha surpresa um dia me mandaram julgar um caso que foi trazido ao tribunal por um homem que tinha emprestado 1 libra (£) a um amigo.

A história era a seguinte: tinha dois amigos, um desses amigos vivia pedindo dinheiro emprestado, ele não fazia outra coisa a não ser pedir e ele se sustentava com base no dinheiro que conseguia assim. Um dia ele pegou 1£ emprestada do amigo. Passado um ano, esse amigo que emprestou o dinheiro pediu pra ele pagar de volta 1£, mas o devedor disse que não ia pagar pra ele a libra e que ele nunca tinha pagado nenhuma dívida desde quando começou a pegar dinheiro emprestado e desde quando nasceu. Quando o amigo que emprestou 1£ ouviu isso dele, não falou nada e voltou para casa em silêncio. Um dia o credor ficou sabendo que tinha um cobrador de dinheiro que era corajoso o bastante para cobrar quem quer que fosse. Daí ele (credor) procurou o cobrador e falou pra ele que alguém devia 1£ a ele fazia um ano, mas se recusava a pagar; depois de o cobrador ouvir isso, daí ambos foram até a casa do devedor. Depois que ele mostrou a casa do devedor para o cobrador, ele voltou pra sua casa.

Quando o cobrador pediu o dinheiro que ele (devedor) tinha pegado emprestado do amigo fazia um ano, o devedor respondeu que nunca pagou nenhuma dívida desde quando nasceu, daí o cobrador disse que *ele* nunca falhou em cobrar dívidas de ninguém desde quando *ele* começou esse trabalho. O cobrador ainda disse mais: que cobrar dívidas era a profissão dele e que ele vivia disso. Mas depois que o devedor ouviu isso do cobrador, ele disse que a profissão dele era ficar devendo e que ele vivia só das dívidas. No final, os dois começaram a brigar, e enquanto eles brigavam feio um homem que estava passando por ali naquele momento viu eles e se aproximou; ficou atrás deles olhando eles porque ficou muito interessado na luta e não apartou eles. Mas quando esses dois já estavam brigando fazia mais de uma hora, o devedor que devia 1£ tirou do bolso um canivete e esfaqueou a própria barriga, caindo morto lá. E quando o cobrador viu que o devedor tinha morrido, pensou consigo mesmo que ele nunca tinha falhado em cobrar dívida alguma de quem quer que fosse nesse mundo desde quando ele começou esse trabalho e ele (cobrador) disse que se não conseguisse receber 1£ dele (devedor) nesse mundo, ele (cobrador) ia receber esse dinheiro no céu. Daí ele (cobrador) também tirou um canivete do bolso e se esfaqueou, caindo morto ali.

Como o homem que estava ali perto parado e olhando pra eles estava muito, mas muito interessado na briga, ele disse que queria ver o fim da briga, daí deu um salto e caiu no mesmo local, morrendo ali também para poder testemunhar no céu o fim dessa briga. Daí, quando a declaração acima foi feita no tribunal, me pediram para apontar quem era o culpado, se era o cobrador, o devedor, o homem que ficou parado olhando pra eles quando estavam brigando, ou o credor.

Antes de tudo, eu estava prestes a falar pro tribunal que o homem que ficou olhando eles era o culpado porque ele devia ter perguntado qual era o motivo da briga e apartado ela, mas quando eu lembrava que o devedor e o cobrador estavam fazendo o trabalho deles, e que dependiam daquilo pra viver, aí eu não conseguia culpar o homem que ficou olhando pra eles e também não conseguia culpar o cobrador porque ele estava fazendo o trabalho dele e o próprio devedor estava lutando pelo seu sustento. Mas todo mundo no tribunal insistiu para eu apontar quem era o culpado entre eles. É claro que depois de pensar sobre isso por duas horas eu decidi adiar o julgamento por um ano e encerrar a sessão daquele dia.

Daí quando o julgamento foi adiado por um ano, voltei pra casa e comecei a cuidar da minha esposa como antes, mas quatro meses depois do adiamento do caso eu fui chamado de novo no tribunal pra julgar outro caso, que era assim:

Um homem tinha três esposas que amavam tanto ele que elas acompanhavam ele (marido) para onde quer que ele fosse, e o marido amava elas também. Um dia, esse homem (marido) estava indo pra outra cidade, que era muito longe dali, e suas três esposas acompanharam ele. Mas quando eles estavam viajando de mata em mata, esse homem (marido) tropeçou, caiu de forma inesperada e morreu na hora. Como essas três esposas amavam ele, a que era a esposa mais velha disse que devia morrer junto com o marido, daí ela morreu também. Agora restava a segunda esposa e a terceira esposa. Daí a segunda esposa disse que ela conhecia um Feiticeiro que vivia na região e que o trabalho dele era despertar os mortos, ela disse que ia até ele e ia chamar ele pra acordar o marido e a esposa mais velha, daí a terceira esposa disse que ia ficar tomando conta dos corpos para os animais selvagens não comerem antes do Feiticeiro chegar. Então ela ficou esperando, de olho nos corpos, antes da segunda esposa chegar com o Feiticeiro. E antes de uma hora a segunda esposa retornou com o Feiticeiro e ele acordou o marido e a esposa mais velha que tinha morrido com o marido. Depois que o marido acordou, ele agradeceu muito ao Feiticeiro e perguntou quanto devia pra ele por ter feito esse trabalho maravilhoso, mas o Feiticeiro respondeu que não queria dinheiro, que ficaria muito grato se ele (marido) desse pra ele (Feiticeiro) uma de suas três esposas. Quando o marido ouviu o Feiticeiro dizer isso, ele escolheu para o Feiticeiro a esposa mais velha que morreu com ele, mas ela (esposa mais velha) se recusou de todo jeito;

depois, ofereceu para o Feiticeiro a segunda esposa (que foi quem chamou o Feiticeiro que despertou o marido e a esposa), mas ela também se recusou, daí escolheu a terceira esposa, que ficou olhando os corpos do marido e da esposa mais velha e ela também não quis. E quando o marido viu que nenhuma das suas esposas queria acompanhar o Feiticeiro, ele falou pro Feiticeiro ficar com todas elas, daí quando as três esposas ouviram isso do marido, elas começaram a brigar entre elas; por azar delas, um policial estava passando naquele momento, prendeu elas e levou elas pro tribunal. Todas as pessoas no tribunal queriam, então, que eu escolhesse a esposa para o Feiticeiro. Mas eu não conseguia escolher nenhuma dessas esposas para o Feiticeiro ainda, porque todas elas demonstraram amor pelo marido, como a esposa mais velha, que morreu com o marido; a segunda esposa, que chamou o Feiticeiro pra acordar o marido e a esposa mais velha, e a terceira esposa, que ficou protegendo os corpos dos animais selvagens até a segunda esposa chegar com o Feiticeiro. Daí eu adiei o julgamento do caso por um ano também. Mas antes do prazo desses dois casos expirar, minha esposa se recuperou muito bem e fomos embora daquela cidade ("cidade misturada"), e antes de eu chegar na minha cidade natal as pessoas da "cidade misturada" me enviaram mais de quatro cartas, que eu encontrei em casa, me pedindo pra voltar e julgar os dois casos, porque eles continuavam pendentes, à minha espera.

    Eu ficaria muito grato então se alguém que lesse este livro pudesse julgar um ou os dois casos e enviar o julgamento pra mim o mais rápido possível, porque todo mundo na "cidade misturada" quer com muita urgência que eu volte pra lá e julgue esses dois casos.

    Depois de ir embora da "cidade misturada", a gente andou por mais de quinze dias antes de avistar uma montanha, daí subimos ela e encontramos mais de 1 milhão de criaturas-da-montanha, da maneira como consigo descrever elas.

NÓS E AS CRIATURAS-DA-MONTANHA NA MONTANHA-DESCONHECIDA

Quando chegamos no topo dessa montanha, encontramos inúmeras criaturas-da-montanha que pareciam gente mas não eram, o topo dessa Montanha-Desconhecida era plano como um campo de futebol e cada parte dele era iluminada por luzes de várias cores e decorada como se fosse um salão, daí essas montanhas estavam dançando em círculo quando encontramos elas. Mas quando chegamos, elas pararam de dançar e ficamos parados entre elas e olhando pra mata que estava muito distante daquele local. Como essas criaturas-da-montanha sempre amaram dançar, elas chamaram minha esposa pra se juntar a elas e ela foi.

VER CRIATURAS-DA-MONTANHA NÃO ERA PERIGOSO, MAS DANÇAR COM ELAS ERA O MAIS PERIGOSO

Elas estavam muito contentes porque minha esposa estava dançando com elas, mas quando minha esposa ficou cansada e elas não, minha esposa parou de dançar, e quando elas viram isso todas ficaram muito irritadas e arrastaram minha esposa pra continuar dançando, e quando ela voltou a dançar, ela ficou cansada antes, daí ela parou de novo e elas se aproximaram dela e disseram que ela devia dançar até liberarem ela. E ela voltou a dançar e quando vi que ela estava extremamente cansada e que essas criaturas não paravam de jeito nenhum, me aproximei dela e disse "vamos embora", mas quando ela começou a me seguir, essas criaturas ficaram muito irritadas comigo. Queriam arrancar ela de mim à força pra ela voltar a dançar. Daí usei meu *juju* de novo, que transformou minha esposa numa boneca de madeira como de costume, daí eu guardei ela no meu bolso e elas não viram mais ela.

Quando ela desapareceu da vista delas, me mandaram encontrar ela imediatamente e ficaram muito irritadas, daí comecei a fugir pra salvar a minha pele porque eu não ia conseguir lutar contra todas elas. E eu não consegui correr nem 300 metros antes de as criaturas me pegarem e me cercarem lá; é claro que antes de elas poderem fazer qualquer coisa comigo eu mesmo me transformei numa pedrinha e fui rolando pelo caminho em direção à minha cidade natal.

Mas essas criaturas-da-montanha continuaram me seguindo e tentando ao máximo me pegar mesmo eu sendo uma pedrinha, e elas não conseguiram me pegar, até eu (pedrinha) chegar no rio que cruzava a estrada pra minha cidade e que ficava perto da minha cidade. Mas antes de eu chegar no rio fiquei muito cansado e quase me parti em dois ao bater em pedras mais duras enquanto eu rolava e elas quase me pegaram. E sem nenhum alvoroço eu me joguei pro outro lado do rio e antes de tocar o chão me transformei de novo num homem e também minha mulher, minha arma, meu ovo, meu sabre e meus pertences voltaram à forma original, e assim que tocamos no chão nós demos adeus para as criaturas-da-montanha e elas ficaram olhando a gente ir embora porque elas não podiam cruzar o rio de jeito nenhum. E foi assim que deixamos as criaturas-da-montanha. E então, daquele rio até minha cidade natal, dava apenas alguns minutos de distância. A gente entrou na terra do meu pai e nenhum mal ou criatura nociva veio atrás de nós.

Quando eram sete horas da manhã, a gente chegou na minha cidade, daí entramos na minha casa, e assim que o povo da minha cidade viu que eu tinha voltado, eles foram às pressas até minha casa cumprimentar a gente. Então nós dois chegamos em casa em segurança e encontrei meus pais em segurança também, com todos os meus velhos amigos que costumavam vir na minha casa beber vinho de palma comigo antes de eu partir.

Depois mandei buscar duzentos barris de vinho de palma e bebi com meus velhos amigos como costumava fazer antes de ir embora. Na hora que cheguei na minha casa, entrei no meu quarto e abri minha caixa, daí lá guardei o ovo que meu fazedor de vinho de palma tinha me dado na Cidade dos Mortos. E assim todas as nossas provações, dificuldades e muitos anos de viagem nos trouxeram um ovo ou resultaram num ovo.

Mas três dias depois do nosso retorno minha esposa e eu fomos até a cidade do pai dela e também encontramos ele com saúde, daí voltamos depois de passar três dias lá. E essa foi a história do bebedor de vinho de palma e do seu finado fazedor de vinho de palma.

Antes de chegarmos na minha cidade, teve uma grande seca (SECA), que matou milhões de velhos e inúmeros adultos e crianças, e até mesmo muitos pais estavam matando os filhos pra comer e salvarem suas vidas depois de já terem comido os animais domésticos e lagartos. Todas as plantas e árvores e rios secaram por falta de chuva, e não restou nada para as pessoas comerem.

AS CAUSAS DA SECA

Antigamente, no tempo em que eram seres humanos, a Terra e o Céu eram muito amigos. Daí um dia o Céu desceu do céu e chamou sua amiga Terra pra eles irem até a mata caçar animais da mata; a Terra concordou com o que o Céu disse. Depois eles foram pra mata com os arcos e flechas e assim que entraram na mata eles ficaram caçando animais de manhã até o meio-dia, mas não mataram nada na mata, daí eles saíram da mata e foram pra um grande campo, onde ficaram caçando lá até cinco da tarde e não mataram nada lá também. Depois eles foram embora e seguiram até uma floresta, onde às sete horas conseguiram matar um rato e começaram a caçar outro para poderem dividir, mas eles não mataram mais nenhum. Eles então voltaram pra um certo lugar com o rato que eles tinham matado e os dois ficaram pensando em como dividir ele. Mas como esse rato era pequeno demais para dividir em dois e esses dois amigos eram muito gananciosos, a Terra disse que ela ia ficar com o rato, e o Céu disse que ele é que ia levar o rato.

QUEM VAI FICAR COM O RATO?

Mas quem vai ficar com o rato? A Terra se recusou de todo jeito a deixar o Céu levar ele e o Céu se recusou de todo jeito a deixar a Terra levar ele e a Terra disse que ela era mais velha do que o Céu e o Céu também disse que era mais velho. E depois de ficarem muitas horas discutindo, ambos ficaram aborrecidos e foram embora, deixando o rato lá. O Céu retornou para o céu e a Terra retornou pra sua casa na terra.

Mas quando o Céu chegou no paraíso ele parou de mandar chuva pra terra, nem orvalho ele não mandava de jeito nenhum, e tudo na terra secou, e nada restou para as pessoas do mundo se alimentarem, daí tanto as criaturas vivas quanto as não vivas começaram a morrer.

UM OVO ALIMENTOU O MUNDO TODO

Como teve uma grande seca antes de eu chegar na minha cidade, fui pro meu quarto, enchi um alguidar de água e coloquei o ovo dentro dele, daí mandei o ovo produzir comida e bebida pra mim, pra minha esposa e pros meus pais, e em menos de um segundo eu vi o quarto ficar repleto de vários tipos de comida e bebida, daí comemos e bebemos até a gente ficar satisfeito. Depois mandei chamar os meus velhos amigos, dei pra eles o resto da comida e da bebida e todos começamos a dançar, e quando eles pediram mais, dei a mesma ordem pro ovo e ele produziu muitos barris e bebemos tudo, e meus amigos então me perguntaram como eu fazia para conseguir essas coisas. Eles falaram que fazia uns seis anos que eles não sabiam o gosto da água e do vinho de palma, daí falei pra eles que eu tinha trazido o vinho de palma da Cidade dos Mortos.

Já era bem tarde da noite quando eles foram embora pras casas deles. Mas para minha surpresa não levantei cedo da minha cama antes de eles chegarem e me acordarem, e dessa vez tinha 60% de pessoas a mais do que na véspera, então quando vi eles assim, entrei no meu quarto onde escondi o ovo e abri a caixa, pus ele no alguidar com água e dei a mesma ordem de sempre, daí ele produziu comida e bebida para todos eles (amigos) etc., e deixei eles no meu salão porque eles não foram embora. Agora as notícias sobre o ovo maravilhoso estavam se espalhando de cidade em cidade e de vilarejo em vilarejo. Certa manhã, quando levantei da cama, era difícil abrir a porta da minha casa porque pessoas de várias cidades e vilarejos tinham vindo e estavam esperando pra comer. Era tanta gente que não dava pra contar e antes das nove horas minha cidade estava tomada por estrangeiros. Quando deu dez horas e todas essas pessoas sentaram em silêncio, aí dei a mesma ordem de sempre pro ovo e, na hora, ele produziu comida e bebida pra cada uma das pessoas, e todo mundo que estava sem comer fazia mais de um ano comeu e bebeu até ficar satisfeito e levou o resto da comida para suas cidades ou casas. E depois que todos eles foram embora temporariamente, aí mandei o ovo produzir muito dinheiro e ele produziu na hora, daí escondi em algum lugar do meu quarto. Como todo mundo sabia que ia ter comida e bebida à vontade, não importava que horas viessem até a minha casa, não eram nem duas da madrugada quando começou a chegar gente de várias cidades e vilarejos na minha casa, trazendo seus filhos e idosos com eles. Todos os reis e criados junto também. Como eu não conseguia dormir por conta do barulho, levantei da cama e tentei abrir a porta, mas eles entraram com tanta violência na casa que danificaram a porta. Tentei de todo jeito empurrar eles pra trás e não consegui, daí falei pra eles que se não esperassem lá fora ninguém seria servido, e depois que ouviram isso eles foram pra fora e ficaram esperando na frente da minha casa. Então eu saí e mandei o ovo fornecer comida e bebida pra eles. Agora vinha cada vez mais gente de várias cidades ou lugares desconhecidos, mas a pior parte disso era que, depois que eles chegavam, não queriam mais voltar pras cidades deles, daí eu não conseguia mais dormir ou descansar uma vez sequer, exceto quando eu ficava dando ordens ao ovo dia e noite, e quando percebi que manter o ovo dentro do quarto estava me causando muito problema, eu coloquei o ovo dentro do alguidar e deixei lá fora no meio dessas pessoas todas.

VIDA IMPRUDENTE EM CASA

Como eu tinha me tornado o homem mais importante da minha cidade e não tinha outro trabalho pra fazer a não ser mandar o ovo produzir comida e bebida, um dia, quando mandei o ovo fornecer a melhor comida e bebida desse mundo para essas pessoas, ele me atendeu na hora, mas quando essas pessoas comeram e beberam até ficarem satisfeitas, elas começaram a brincar e lutar umas com as outras até que, sem querer, deixaram o alguidar se espatifar no chão e o ovo se partiu em dois. Daí eu peguei o ovo e colei ele. Mas essas pessoas continuaram lá, mesmo sem brincar etc. e, é claro, estavam sentidas pelo ovo quebrado, e quando ficavam com fome pediram comida etc. como de costume. Daí eu levei o ovo pra fora e dei a mesma ordem de sempre, mas ele não conseguiu produzir mais nada, e mesmo eu tentando três vezes na presença delas, não foi produzido nada. Depois que essas pessoas permaneceram quatro dias lá esperando, sem comer nem beber nada, elas então voltaram para as cidades delas etc. uma por uma, mas ficaram me insultando enquanto iam embora.

PAGUE O QUE VOCÊ ME DEVE E VOMITE O QUE VOCÊ COMEU

Depois que essas pessoas voltaram pro lugar de onde vieram, ninguém veio mais na minha casa como antes, e todos os meus amigos também pararam de vir, e mesmo quando eu encontrava com eles e cumprimentava, não me respondiam de jeito nenhum. Mas não me importava com isso, pois eu tinha muito dinheiro no meu quarto. E como não joguei o ovo fora quando ele quebrou, um dia fui no meu quarto e colei ele todo com cuidado, daí dei a ordem de sempre, achando que ele talvez voltaria a produzir comida. E pra minha surpresa ele produziu milhões de chicotes de couro, mas assim que eu vi o que ele podia produzir, mandei ele pegar os chicotes de volta e ele pegou na hora. Passados uns dias, eu fui até o rei e falei pra ele mandar os sineiros tocarem os sinos de todas as cidades e vilas e avisar todas as pessoas que elas deviam voltar na minha casa e comer etc. como antes, porque meu fazedor de vinho de palma que tinha me dado aquele ovo maravilhoso me mandou outro ovo da Cidade dos Mortos, e esse era mais poderoso que o primeiro que quebrou.

E quando todo mundo ouviu isso, todos vieram na minha casa e quando eu vi que nenhum deles ficou pra trás, eu coloquei o ovo no meio deles e falei pra um dos meus amigos mandar o ovo produzir qualquer coisa pra eles, daí eu entrei na minha casa e fechei todas as janelas e portas. Quando ele deu a ordem de ele produzir qualquer coisa que pudesse, o ovo produziu milhões de chicotes que na mesma hora começaram a açoitar todos eles, daí aqueles que tinham trazido crianças e velhos não se lembraram de levar eles na hora da fuga. Todos os criados do rei apanharam feio desses chicotes e também todos os reis. Muitos saíram correndo pro meio da mata e muitos morreram ali, principalmente velhos e crianças, e muitos amigos meus morreram também, e foi difícil para o restante encontrar o caminho de volta pra casa, e depois de uma hora não tinha mais ninguém na frente da minha casa.

Quando esses chicotes viram que todo mundo tinha ido embora, todos eles (os chicotes) se reuniram num lugar e transformaram num ovo que, para espanto meu, desapareceu na hora. Mas a grande seca ainda estava assolando cada parte da cidade, e quando vi que muitos velhos estavam começando a morrer todos os dias, daí chamei o resto dos velhos que ainda estavam vivos e perguntei pra eles como a gente podia fazer pra acabar com a seca. Nós acabamos com a seca assim: fizemos uma oferenda com duas galinhas, seis nozes-de-cola, uma garrafa de azeite de dendê e seis colas-amargas. Daí nós matamos as galinhas e colocamos em um alguidar quebrado, e depois pusemos as colas e derramamos o dendê. A oferenda era para ser levada para o Céu no céu.

MAS QUEM IA LEVAR A OFERENDA PARA O CÉU NO CÉU?

Em primeiro lugar, escolhemos um dos criados do rei, mas ele se recusou a ir, daí escolhemos um dos homens mais pobres da cidade e ele também se recusou; por último, escolhemos um dos escravos do rei, que levou a oferenda para o Céu no céu, que era mais velho do que a Terra e que ficou contente com a oferenda. A oferenda significava que a Terra reconhecia ser mais jovem do que o Céu. Mas quando o escravo levou a oferenda para o céu e deu para o Céu, ele (o escravo) não tinha nem chegado na metade do caminho quando uma chuva pesada começou a cair e atingiu ele, e ao chegar na cidade ele quis se abrigar da chuva, mas ninguém deixava ele entrar em casa de jeito nenhum. Todas as pessoas achavam que ele (escravo) também levaria eles para o Céu, como ele tinha levado a oferenda para o Céu, e ficaram com medo.

Mas depois de três meses chovendo sem parar, nunca mais teve seca de novo.

Posfácio do autor:
Minha vida e atividades

Eu sou nativo de Abeokuta e nasci no ano de 1920. Abeokuta fica a 100 quilômetros de Lagos. Quando eu tinha 7 anos, um dos tios do meu pai, cujo nome é Dalley, enfermeiro num hospital africano, me tirou do meu pai para que eu fosse viver como servo na casa de seu amigo, o sr. F. O. Monu, um homem ibo, que me mandava para a escola em vez de me pagar com dinheiro.

Comecei a estudar na Salvation Army School, em Abeokuta, em 1934, e o sr. Monu pagava as mensalidades da escola regularmente e comprava os materiais escolares para mim.

Mas como eu tinha um cérebro mais rápido que os outros garotos da classe (turma do Infantil I), fui promovido para a primeira série no final do ano.

Depois da escola ou todo sábado, eu ia até a mata distante buscar lenha, daí meu mestre parou de gastar dinheiro com meus estudos.

Após ter ficado dois anos com meu mestre, ele foi transferido para Lagos em 1936, e eu o acompanhei na sua bondade. Ao chegar em Lagos, nós passamos a morar no andar de cima na Bliss St, perto de Ita Faji.

Depois de algumas semanas da nossa chegada em Lagos, fui aprovado em uma escola chamada Lagos High

School. Não, não era eu quem preparava a comida para o meu mestre, mas uma mulher de coração cruel, daí antes de eu conseguir ir para a escola, que ficava a 1,5 quilômetro de distância, essa mulher me forçava a moer pimenta, rachar lenha, lavar pratos e tirar água suficiente da bomba para a casa antes de me permitir ir à escola às nove e meia, enquanto a aula começava mesmo às oito e meia. E ela não me dava café da manhã de jeito nenhum antes de eu sair e ir para a escola.

No intervalo ou ao meio-dia, o resto dos garotos da sala saía para comer, mas eu ficava sozinho na sala para ficar estudando todas as disciplinas ensinadas antes do intervalo. Quando éramos dispensados às quatro da tarde e eu chegava em casa, essa mulher só me dava um copo cheio de garri[1] em vez de dois, que poderiam me deixar satisfeito, e ela não colocava carne na sopa para mim.

Essa mulher sem coração servia o meu mestre para a imensa satisfação dele, e com esse truque ela conseguiu guardar alguns trocados que deveria ter usado comigo. Apesar de eu ter tido a oportunidade de reclamar com meu mestre sobre esses maus-tratos, fiquei com medo de ela me afastar do meu mestre com relatos maldosos porque ela era muito espertalhona e eu não queria interromper meus estudos.

Frequentei essa escola por um ano, e as colunas do meu boletim escolar semanal estavam sempre com anotações de "primeiro lugar", o que significa que eu era o primeiro aluno entre os cinquenta garotos da sala ao longo do ano. No final do ano, fui o primeiro colocado entre 150 garotos no que tinha sido o primeiro exame final. Por essa razão, o diretor da escola me promoveu

---

1 Prato comum da África Ocidental feito a partir de farinha de mandioca fresca. [NOTA DESTA EDIÇÃO]

da segunda para a quarta série e também permitiu que eu frequentasse a escola gratuitamente por um ano.

    Mas depois de passar da quarta para a quinta série no ano seguinte, não consegui continuar mais com meu mestre, porque os castigos severos que recebia em casa daquela mulher foram demais para mim, daí no feriado de dezembro falei para o meu mestre que eu queria ir para Abeokuta visitar meu pai e minha mãe. Quando eu cheguei em casa, me recusei a voltar para Lagos de novo, mas como meu mestre me amava como irmão ou filho, ele veio até Abeokuta para saber o que estava atrasando meu retorno.

    E mesmo assim me recusei a acompanhá-lo de volta a Lagos porque eu lembrava daquela mulher de coração cruel, e foi assim que interrompi meus estudos. Comecei a frequentar a escola em Abeokuta mais uma vez, o nome dessa escola é Anglican Central School, em Ipose Ake, Abeokuta. A essa altura, eu não estava sob os cuidados de um mestre, mas de meu pai, que morava em uma vila a 37 quilômetros de distância de Abeokuta, e ficou pagando as mensalidades da escola e me sustentando. Mas como eu era muito jovem naquela época, sempre que eu ia até o meu pai atrás da minha parte em dinheiro e voltava para a cidade (Abeokuta), essa quantia não durava mais do que duas semanas antes de acabar, porque não era o bastante para todas as minhas necessidades de jeito nenhum, daí eu dava uma volta na mata que tinha perto da cidade onde eu buscava lenha para vender e me sustentar temporariamente. Aos sábados eu ia até meu pai se eu precisasse de alguma coisa dele, mas ia caminhando a distância de 37 quilômetros em vez de ir dentro de um caminhão porque não tinha dinheiro para pagar o transporte. Se eu saísse de casa às seis da manhã, chegava na vila por volta das oito horas da mesma manhã, ou quando as pessoas estavam se preparando para ir até a fazenda, e elas ficavam muito surpresas porque não acreditavam que eu ia andando em vez de pegar um caminhão. Depois de chegar na vila de manhã e comer, acompanhava meu pai até a fazenda para ajudá-lo até a noite.

No dia seguinte, que era domingo, meu pai me dava a minha parte em dinheiro, mais o dinheiro da passagem, daí eu ia embora da vila por volta das cinco da tarde para pegar um caminhão a uma distância de 8 quilômetros dessa vila, pois era lá que o transporte para Abeokuta estava disponível. Mas em vez de pegar o caminhão e pagar a passagem para o motorista, eu guardava o dinheiro no meu bolso para outros propósitos e voltava andando para a cidade.

Um dia, quando eu cansei de caminhar essa distância toda e não tinha dinheiro comigo, entrei clandestinamente num caminhão para chegar ao meu destino, daí isso fez o dono do caminhão suspeitar que eu era um passageiro clandestino, e minha testa ficou machucada como resultado de ferimentos que me deixaram com uma cicatriz na testa.

Ao final daquele ano eu passei da quinta para a sexta série e, depois de nove meses na sexta série, meu pai, que estava pagando as mensalidades da escola, morreu inesperadamente (1939). Ninguém na minha família se voluntariou para me ajudar a continuar meus estudos. Daí abandonei a escola e fui para a fazenda ou vila, começando a construir minha própria fazenda, uma vez que eu não podia pôr as mãos na fazenda do meu pai ou em suas propriedades, que pertenciam somente à família. Enquanto estava construindo essa fazenda, meu objetivo era que, se as plantações dessem frutos, eu ia vendê-los e assim ter algum dinheiro para pagar as mensalidades da escola, porque eu queria terminar a sexta série, mas, azar o meu, não choveu o suficiente naquele ano para que as plantações rendessem bons frutos. Depois de passar um ano inteiro sem sucesso na fazenda, procurei o meu irmão em Lagos (somos irmãos por parte de pai e não filhos da mesma mãe). Daí comecei a aprender serralheria. Me qualifiquei para esse ramo, lutei e consegui me juntar à W. African Air Corps (RAF)[2] no ano de 1944 como latoeiro, pois a ferraria também pertence a esse ramo. Meu ranking é AAI, e o número é WA/8624.

Desmobilizado, tentei o meu melhor para estabelecer meu próprio negócio, mas depois de uns meses eu não conseguia mais seguir em frente, pois não tinha dinheiro suficiente para montar o negócio e não tinha ninguém para me ajudar. Ao fracassar, comecei a ir pra lá e pra cá em busca de um emprego melhor. Mas, naquela época, todos os soldados no além-mar tinham retornado em grande quantidade e também procuravam emprego; quando um posto ficava disponível, cerca de cem pessoas iam atrás correndo. Por essa razão foi difícil para mim, antes de conseguir esse trabalho insatisfatório que ainda exerço atualmente[3].

Amos Tutuola
17 de abril de 1952

---

2 A West African Air Corps era uma força auxiliar local da Royal Air Force (braço aéreo das Forças Armadas do Reino Unido) baseada na Nigéria, além de outros países da África Ocidental. [N. E.]

3 Amos Tutuola escreveu este livro nos momentos de folga, quando trabalhava numa repartição da administração colonial, na Nigéria. [N. E.]

Posfácio: "A existência é" – Os caminhos de *O bebedor de vinho de palma*, de Amos Tutuola
FERNANDA SILVA E SOUSA

Estamos acostumados às convenções realistas da literatura ocidental, pautadas pelo princípio da verossimilhança e sustentadas pela lógica interna e causal de uma obra, que cria um efeito ou uma impressão de verdade ao buscar representar o real. Desse modo, quando nos deparamos com um livro como *O bebedor de vinho de palma e seu finado fazedor de vinho na Cidade dos Mortos*, do escritor nigeriano Amos Tutuola (1920-1997), tendemos a interpretá-lo na chave da literatura fantástica ou do maravilhoso. Isso porque ele apresenta personagens, ações e espaços que desafiam os parâmetros de normalidade – são concebidos como irreais ou impossíveis no mundo externo, mas podem ganhar vida no mundo ficcional. Por trás dessa perspectiva, há, várias vezes, a negação da existência de outras cosmogonias e sentidos de mundo muito além do que se convencionou tratar como "ocidental". Elas são minimizadas em favor de uma abordagem que se concentra no caráter disruptivo ou distópico de uma obra que fantasia o entendimento ocidental de realidade, que, desde o século XIX, tem sido cada vez mais secularizado.

No entanto, como o escritor também nigeriano Chinua Achebe observa em um texto sobre *O bebedor de vinho de palma*, Tutuola é um "escritor sem problemas"[1], com os pés fincados numa tradição oral ancestral que não se preocupava nem em oferecer alguma lição de moral para provar o valor da sua escrita nem em explicar a realidade da Nigéria para um leitor ocidental, tampouco em adequar sua escrita a um inglês normativo (e colonial). O "real", em Tutuola, é tudo que é vivo e se transforma, é tudo que encanta e pode ser encantado, é tudo que é invisível e insondável.

Essa noção de real também anima a concepção estética de artistas negros na diáspora, como Seu Mateus Aleluia, cantor e compositor de Cachoeira (Bahia), que originalmente fez parte do grupo Os Tincoãs, e levou para os palcos as cantigas e os ritmos dos terreiros e sambas de roda. No documentário *Aleluia, o canto infinito do Tincoã*, realizado em sua homenagem, o músico diz: "A realidade é o invisível. Aquilo que não podemos ver é o que de fato existe e nunca muda"[2]. Não à toa, seu último álbum, *Afrocanto das nações*, tem uma canção intitulada "Os encantados quantos são?", na qual declara:

> O encantado é o sem nome
> O encantado, a encantada é uma energia
> Podemos dar o nome que quisermos
> O encantado, a encantada sempre dirá
> Conte comigo, conte comigo, conte comigo
> O nome não importa, a existência é.

1 Chinua Achebe. "Work and Play in Tutuola's *The Palm-Wine Drinkard*". *Hopes and Impediments: Selected Essays*. Nova York: Doubleday, 1989. [TODAS AS NOTAS SÃO DA AUTORA]
2 *Aleluia, o canto infinito do Tincoã*. Direção: Tenille Bezerra. Brasil, 2021 (70 min).

Em *O bebedor de vinho de palma*, incontáveis e sem nomes são também os encantados que figuram na obra, na qual os personagens não têm nomes próprios, acionados sobretudo pelas suas relações, posições e funções (esposa, rei, pai da esposa, fazedor de vinho, Pai dos Deuses), e coexistem com criaturas da mata, da montanha, do rio e espíritos. Nessa trama, o mundo é — e não precisa ser explicado.

Nascido em 1920 em Abeokuta, Nigéria, uma cidade caracterizada pela cultura iorubá, onde o orixá Yemonjá é cultuado na nascente de um rio[3], Tutuola frequentou a escola formal durante seis anos de sua vida e trabalhou por muito tempo como ferreiro, uma trajetória que contrasta com a de escritores nigerianos que puderam, por exemplo, viajar para a Europa para estudar ou cursaram ensino superior na Nigéria, como Chinua Achebe e Wole Soyinka. A trajetória ímpar de Tutuola, porém, não resultou em pouca habilidade literária, afinal, vale lembrar a história da escritora mineira Carolina Maria de Jesus, que pôde estudar por apenas dois anos.

A falta de escolarização formal completa não significa — e nunca significou — para a população negra e africana uma barreira incontornável para a sua imaginação e para a sua arte, materializadas e encarnadas em tantas

---

3   Na África Ocidental, especialmente na Nigéria, cada orixá é cultuado de forma individualizada em um território, isto é, cultua--se uma divindade em cada região. Em Abeokuta, por exemplo, cultua-se Yemonjá, enquanto em Ijexá cultua-se Oxum.

Com a escravização transatlântica, povos de diferentes regiões da África Ocidental entraram em contato e, apesar das diferenças, suas crenças, práticas e valores espirituais tinham elementos em comum, o que levou à formação do candomblé, em que se cultuam *inquices*, no caso do candomblé angola; *orixás*, no caso do candomblé ketu; e *voduns*, no caso do candomblé jeje-mahin, por exemplo.

narrativas orais, gestadas com a voz e com o corpo, que dança, caminha, vive. Em nossa longa história de luta contra o colonialismo em suas diferentes facetas, contar histórias, num gesto infinito, ou melhor, num gesto espiral, foi também o que nos manteve vivos, confiando e apostando num mundo que vai além das aparências e do visível ou compartilhando e ampliando outras versões e narrativas divinizadas da criação do mundo[4], como nos *Itans* (narrativas) dos orixás, em que cada divindade teve um papel fundamental para a formação do *Aiyê* (o mundo físico) e do nosso *Ara* (corpo), deixando como legado lições de sabedoria e amadurecimento a partir de seus erros e feitos. No caso dos terreiros, as histórias são contadas com uma linguagem entremeada por vocábulos e expressões africanas, revestidas de um caráter sagrado. É por isso que, neste posfácio, utilizo palavras em iorubá, pois embora o autor não faça uso delas ao longo do livro, elas aqui servem ao propósito de reforçar, do ponto de vista linguístico, a cosmovisão iorubá que anima a obra.

Contudo, como adverte o filósofo Paulin Hountondji, refletindo sobre a filosofia africana, é preciso reconhecer os limites da oralidade e o caráter decisivo da escrita como condição para a formação de uma tradição crítica[5]. É o caso também da literatura, pois sem os manuscritos de Tutuola e Carolina suas histórias provavelmente não teriam chegado até nós. Isso não significa situar a escrita como superior à oralidade, mas entender a sua estratégica importância. Ao mesmo tempo, afirma ele, é preciso olhar com suspeita a ideia de uma filosofia ou cosmovisão africana coletiva, que

---

4 Ver mais em Leda Maria Martins. *Performances do tempo espiralar: Poéticas do corpo-tela*. Rio de Janeiro: Cobogó, 2021.
5 Paulin Hountondji. *African Philosophy: Myth & Reality*. 2. ed. Bloomington: Indiana University Press, 1996.

se estenderia a todos os povos, sobretudo quando termos como "filosofia bantu", "filosofia dogon", "filosofia iorubá" são, em grande medida, mitos inventados pelo Ocidente, que fixam, essencializam e, quando não, simplificam a realidade e o pensamento dos africanos. Nesse sentido, um livro como o de Tutuola ganha ainda mais importância, pois não há, ao longo de toda a obra, um só discurso voltado a uma espécie de "essência" africana, mas, sim, uma estrutura narrativa baseada em *itans* iorubá.

Em *O bebedor de vinho de palma*, um mundo assentado na cultura iorubá se desenha aos nossos olhos, ganhando notoriedade mundial na década de 1950. Escrito em 1946, Tutuola submeteu o manuscrito do livro para a editora inglesa Faber and Faber, que o encaminhou para um antropólogo especializado na África Ocidental averiguar se o texto era "original" e se Tutuola era um africano "autêntico". Após o parecer positivo do antropólogo, que confirmou sua "autenticidade" africana, a obra foi publicada em 1952. Críticos e leitores europeus tentaram, segundo a pesquisadora Carolyn Hart, aproximar a escrita de Tutuola a narrativas surrealistas, atribuindo seu caráter inovador a uma tradição europeia vanguardista que desafiava concepções lineares de tempo e as convenções literárias, uma vez que não tinham referenciais mínimos para compreender o livro no interior de uma cosmogonia iorubá e reproduziam a visão de uma África homogênea e genérica. Ironicamente, essa perspectiva faria um texto tão marcado por tradições orais ancestrais "parar na categoria de literatura intelectual e de elite, embora na verdade ele próprio não fizesse parte da cultura de elite ocidental"[6].

6   Carolyn Hart. "In Search of African Literary Aesthetics: Production and Reception of the Texts of Amos Tutuola and Yvonne Vera". *Journal of African Cultural Studies*, 2009, vol. 21, n. 2, pp. 177-195.

Entretanto, a busca da editora inglesa por um estudo antropológico como "atestado" de autenticidade, em vez de uma avaliação literária do texto, testemunha a inconsistência e a fragilidade de uma linha interpretativa que tenta vinculá-lo ao experimentalismo presente na literatura ocidental. Ao mesmo tempo, se apoia na construção de Tutuola como um "autêntico" africano, nutrindo o fascínio colonial pelo caráter primitivo, instintivo e lúdico que existiria nas culturas africanas.

No contexto da Nigéria, a obra foi alvo de severas críticas por parte de seus conterrâneos, sobretudo ao ser considerado o primeiro romance nigeriano anglófono, e Tutuola, o primeiro escritor do país a ser aclamado internacionalmente, num contexto político e social em que a Nigéria ainda não havia se tornado independente do domínio britânico – o que só ocorreria em 1960. Muitos autores africanos se empenhavam em retratar a realidade de seu país no interior de estruturas narrativas ocidentais, uma vez que, como cita o crítico literário nigeriano Abiola Irele, apoiando-se no pesquisador afro-americano Henry Louis Gates Jr., "para eles, era uma questão de se inscreverem na comunidade humana, uma entrada que só poderia ser assegurada pela observância das regras de racionalidade enraizadas nas convenções do discurso letrado ocidental"[7]. Nesse sentido, Tutuola, com seu *broken english*, teria escrito uma obra que servia apenas ao reforço de estereótipos em torno dos africanos, como a visão de um povo atrasado e ignorante, com uma obra que faz uma pobre representação dos *itans* iorubás. Sabedor do que Achille Mbembe chamaria de

---

7 Francis Abiola Irele. *The African Imagination: Literature in Africa & the Black Diaspora*. Nova York: Oxford University Press, 2001, pp. 49-50.

"consciência ocidental do negro", que produziu o negro a partir da inferiorização e animalização dos africanos[8], Tutuola, com seis anos de estudo e seu *bad english*, não era bem a imagem desejada por um povo que lutava pela própria independência e pela defesa de sua humanidade, mas que ainda podia introjetar o discurso colonial e ansiar pelo olhar de validação do branco.

Tutuola, no entanto, não estava só. O escritor nigeriano Wole Soyinka, por exemplo, também se colocava na contramão das convenções narrativas ocidentais, apoiando-se na cosmovisão iorubá. Ele, aliás, traduziu do iorubá para o inglês os *itans* que compõem o livro *Ogboju ode ninu Igbo irunmale*, de D. O. Fagunwa[9], de 1938, que inspirou a escrita de Tutuola, bem como os *itans* que ouvia dos mais velhos quando era criança. De acordo com Irele, em uma análise da obra de Fagunwa que também pode se estender à de Tutuola, Fagunwa "criou seu universo diretamente a partir da concepção africana, especificamente iorubá, que vê o sobrenatural não meramente como uma prolongação do mundo natural, mas como coexistente"[10], o que desfaz uma separação entre o mundo físico e o mundo espiritual. Soyinka, por sua vez, diz que

> De todos os seus romances, *O bebedor de vinho de palma* continua sendo o melhor e o menos censurável. Esse livro, além do trabalho de D. O. Fagunwa, que escreve em iorubá, é o primeiro exemplo do novo escritor nigeriano reunindo experiências múltiplas sob, se preferir,

---

8 Cf. Achille Mbembe. *Crítica da razão negra*. Trad. Sebastião Nascimento. São Paulo: N-1, 2018.

9 Nascido em Okeigbo, na Nigéria, Daniel Olorunfemi Fagunwa (1903-1963) é considerado o primeiro autor a escrever um romance em língua iorubá.

10 Apud Hart, op. cit., 2009, p. 189.

as duas culturas e explorando-as em um todo extravagante e confiante.[11]

Partindo, enfim, para a obra, *O bebedor de vinho de palma*, o próprio título lembra um conhecido *itan* iorubá relacionado a Oxalá, o orixá funfun associado à criação do mundo, considerado como grande pai – ou Pai dos Deuses –, o orixá mais velho. Na verdade, o título remete às diferentes versões de um *itan* em que Oxalá, ao ser designado por Olodumare, a divindade suprema, para criar o mundo, recebendo em suas mãos o "saco da criação", teria se recusado, movido pela altivez e excessiva autoconfiança, a dar uma oferenda para Exu antes de cumprir sua missão. Ofendido, Exu vingou-se fazendo Oxalá sentir uma intensa sede. Desesperado, ele furou a casca de um tronco de dendezeiro e sorveu o líquido incessantemente, embebedando-se com vinho de palma, a ponto de cair no sono e perder o "saco da criação". Odudua, outra divindade primordial, com quem disputava a missão de criar o mundo, aproveitou-se da situação e roubou o saco. Ao acordar e se ver sem o saco, Oxalá procurou Olodumare, o qual anunciou que, a partir daquele momento, ele e todos os orixás funfun estariam proibidos de beber vinho de palma e usar azeite de dendê.

A leitura da obra, por sua vez, reitera ainda mais a aproximação entre Oxalá e o protagonista do livro[12], que é justamente conhecido como Pai dos Deuses Que Podia Fazer de Tudo Nesse Mundo. Título, aliás, que alude

---

11 Wole Soyinka. "From a Common Backcloth: A Reassessment of the African Literary Image". *The American Scholar*, vol. 32, n. 3, 1963, p. 390.
12 Estabeleço aqui aproximações com os orixás que podem ajudar na compreensão da obra, o que não significa que as personagens sejam representações deles.

a um caráter altivo e excessivamente presunçoso que é desafiado conforme passa por uma série de provações nas quais precisa lutar para sobreviver após a repentina morte do seu fazedor de vinho, de quem vai atrás na Cidade dos Mortos. Apesar de não ficar bêbado, o protagonista se deixava levar por uma vida regada aos prazeres insaciáveis do vinho de palma, submetendo o fazedor ao trabalho diário e incessante de extrair o líquido para ele. Ao se entregar à bebida, sem fazer mais nada além de beber, o bebedor deixava de construir sabedoria a partir das experiências vividas e, principalmente, de viver em comunidade, integrando-se a um universo que não é baseado na noção ocidental de indivíduo. Nesse sentido, é a lembrança de um ensinamento dos mais velhos após a morte abrupta do seu fazedor de vinho que o coloca em movimento, vivendo uma espécie de punição por não trabalhar de forma alguma em favor do seu amadurecimento e da comunidade: "daí pensei comigo mesmo que *os velhos* [grifo meu] ficavam dizendo que todo mundo que morre nesse mundo não vai direto pro céu, mas fica morando num lugar em algum canto desse mundo". E, assim, acompanhamos sua longa peregrinação por vilarejos, cidades, matas fechadas e escuras, nos quais o bebedor caminha quilômetros e mais quilômetros, como um andarilho que precisa escapar das armadilhas que cada lugar reserva para ele. Desbrava os caminhos como Ogun, o orixá das estradas e incansável trabalhador, que forja suas próprias ferramentas para lutar e arar a terra.

Em *O bebedor de vinho de palma*, é o próprio protagonista que se transforma, acionando seus *jujus* nos momentos de necessidade, revelando-se como uma figura que pouco comporta a concepção ocidental de "humano", uma vez que se encontra no limiar entre o mundo físico ("pai") e o espiritual ("dos deuses"), integrados na narrativa. Ao longo da história, ele se transforma numa grande canoa para conseguir dinheiro, transfigurando sua própria matéria em instrumento de trabalho; em um "pássaro enorme igual um avião" para voar com sua esposa; em "uma fogueira grande com muita fumaça" para espantar criaturas brancas e perigosas; em lagarto para seguir o Crânio, além de conseguir fazer a esposa virar uma boneca que caiba no bolso. Porém, muito além de um mero poder mágico individual inato, o bebedor só pode recorrer aos *jujus* porque foram encantamentos transmitidos e dados para ele por outras pessoas para utilizar quando necessário. Em outros termos, os *jujus* não podem ser usados a torto e a direito, havendo *hora* e *lugar* certo para isso, o que lembra os ensinamentos dos mais velhos nos terreiros de candomblé, segundo os quais uma reza ou um rito ensinado a alguém não o autoriza a fazer uso disso em qualquer momento ou qualquer lugar.

Nesse sentido, o protagonista, que antes só vivia para beber vinho de palma, vai se dando conta dos limites dos lugares por onde passa, lidando com interdições, armadilhas e restrições que lhe permitem, pouco a pouco, acumular certa sabedoria a partir do que vive e enfrenta. Sem qualquer introspecção psicológica a respeito de seus sentimentos ou uma longa meditação sobre o sofrimento — tão comuns em narrativas ocidentais que retratam, por exemplo, o processo de desenvolvimento e amadurecimento de um jovem protagonista, como nos romances de formação —, o bebedor permanece caminhando sem parar e contando histórias, movidas pelos encontros com diferentes *criaturas* — e não apenas pessoas — que cruzam sua andança, histórias que se ligam a narrativas orais iorubás nas quais Tutuola se inspira e que incorpora à obra. Assim, o *odu* (caminho) do bebedor não é propriamente novo ou único, pois ele lida com desafios e aprende lições que já foram experimentados no passado e transmitidos nos *itans*, mas que também precisam ser vividos por ele na medida em que os conhecimentos não são uma mera abstração; antes, exigem uma longa caminhada, com diferentes ritos de passagem, em que é preciso aprender para poder viver o seu próprio destino.

Não à toa, a Mãe-Fiel, que tanto lembra Yemonjá, o orixá cultuado nas águas da cidade onde Tutuola nasceu, grande mãe devotada, amorosa e rigorosa, que materna todas as *Oris* (cabeças)[13], aparece para o bebedor e sua esposa depois de tantas provações, cuidando deles, oferecendo acolhimento, comida e diversão não para que fiquem com ela para sempre, mas para que possam seguir seu caminho e cumprir seu destino, que não é na árvore branca. Como diz quando eles imploram para ficar, "ela não tinha o direito de atrasar ninguém por mais de um ano", porém é o seu cuidado que permite a continuidade da jornada. Apesar do desejo de viver para sempre na árvore branca, onde puderam encontrar um lugar de paz, esse é um lugar de passagem, por onde precisaram passar e ficar por um tempo, mas não para sempre, pois *Irê*, a boa fortuna, a boa sorte, a graça, só pode ser encontrada quando estamos no nosso caminho. No seu caso, esse caminho precisa ser vivido lado a lado com sua esposa que, de uma moça aparentemente ingênua que segue sem pensar o cavalheiro completo, sendo "salva" pelo bebedor, passa a ter uma sabedoria oracular, de alguém que vê o que ele não consegue ver. Ela fala "em

---

[13] Literalmente, *Ori* significa "cabeça", mas é também considerado o primeiro orixá, o orixá pessoal que cada um de nós carrega, representando a existência e a consciência individualizadas. Yemonjá é a mãe de todas as cabeças, responsável por cuidar delas e zelar por elas. Não é por acaso que, quando chega à árvore branca, o bebedor pode, enfim, descansar e recuperar suas forças.

parábolas ou que nem uma adivinha", sem se desesperar frente às adversidades, pois sabe o que é ou não "perigoso pro coração", com uma sabedoria que nos lembra das pretas velhas e mães de santo. Assim, sem a esposa, sua jornada também não pode acontecer, pois estava no seu caminho o encontro dos dois.

Nessa concepção, o bebedor não conseguiu escapar das garras de *Iku* (Morte) apenas em função de sua sagacidade, ao criar uma armadilha para ela, tirando-a de casa, mas fundamentalmente porque não era a hora de ser tocado por *Iku*, a divindade, para os iorubás, "encarregada de desvencilhar o corpo das pessoas que habitam uma comunidade do restante daquilo que as faz ser pessoas, para que elas possam seguir na comunidade como ancestrais"[14]. Em outros termos, não era a hora de o bebedor morrer, pois ele ainda tinha um caminho a viver. Se a Morte tentou matá-lo, isso não se deu por ser a sua hora de morrer, mas por ter invadido sua morada enquanto um homem *vivo*, isto é, por ter literalmente procurado *Iku*, colocando-se em uma situação em que, mesmo sem ser a sua hora, poderia ser tocado por ela. De todo modo, o protagonista, ao escapar da Morte e tirá-la da casa, fez com que também ela seguisse seu caminho e cumprisse seu papel, tocando as pessoas por todo o mundo ao dizer: "Daí que desde aquele dia que eu tirei a Morte da casa dela, ela não tem lugar fixo para morar ou ficar, e a gente fica ouvindo o seu nome pelo mundo". Porém, fora do universo da obra de Tutuola, num mundo estruturado pela violência antinegro, muitas pessoas negras são tocadas pelo necropoder, não por *Iku*, em que "A 'morte', no contexto necropolítico – seja autoimposta ou imposta por alguém –,

---

14 Wanderson Flor do Nascimento. "Da necropolítica à ikupolítica". *Revista Cult*, vol. 23, n. 254, 2020, p. 30.

é sempre rodeada de violência ou crueldade: uma espécie de resolução de uma *vida sofrida*, e não de uma *vida vivida*, tal como acontece quando o *Iku* nos toca"[15].

Enredado numa cosmovisão iorubá, que tanto se atualiza, se transforma e se vive nos terreiros de candomblé ketu no Brasil, a obra de Tutuola tece um mundo que não é antropocêntrico, pois o humano não simplesmente "convive" com outros seres, entidades e forças, no interior de uma lógica em que ele continua sendo o centro. Ele partilha a existência com tudo que é vivo – e não precisa de um corpo para existir, como o cavalheiro completo que, mesmo devolvendo suas partes, segue existindo como um Crânio – como diz Seu Mateus Aleluia, "a existência é". Nesse sentido, o Tambor, a Canção e a Dança são criaturas vivas (e maravilhosas) com quem se dança "por cinco dias, sem comer nem parar sequer uma vez". A partir delas, a obra, integrando mundo físico e espiritual, o visível e o invisível, o humano e o não humano, nos permite pensar que, por exemplo, nos terreiros de candomblé, não são apenas os orixás que dançam a partir do transe nos filhos, mas também os próprios atabaques, as cantigas e as danças, que existem e vivem além do humano, afinal, "ninguém nesse mundo podia batucar no tambor como o Tambor batucava; ninguém podia dançar como a Dança dançava e ninguém podia cantar como a Canção cantava".

No livro, são essas três criaturas que ajudam o bebedor e sua esposa a se livrarem do insaciável "meio-bebê" não por meio da violência – que se faz presente em outros momentos –, mas do *Àjo*, da alegria, da comunhão, que também se materializa na obra por meio da figura da Risada, que não conseguia parar de rir com eles e deles: "Como a Risada ficou rindo da gente naquela noite, minha esposa

15 Ibid., p. 31.

e eu esquecemos nossas dores e rimos com ela também". Nessas passagens, podemos pensar que o que faz o bebedor e sua esposa sobreviverem é também o que foi fundamental para a população negra sobreviver na diáspora forçada pela escravidão e pelo colonialismo: tocar, cantar, dançar e rir, que produzem uma força de vida, o *axé*, num horizonte constante de morte – esta com letra minúscula, pois é a morte que aniquila e interrompe nossos destinos. Ler *O bebedor de vinho de palma e seu finado fazedor de vinho na Cidade dos Mortos* também é *axé*.

No fim das contas, o bebedor de vinho, após tantas provações e desafios, não consegue realizar o que motivou sua longa peregrinação por diferentes vilarejos e aldeias: encontrar seu finado fazedor de vinho e levá-lo de volta para a sua cidade. Afinal, assim como os vivos, os mortos também precisam seguir o próprio caminho. Seu finado fazedor não poderia acompanhá-lo, pois os mortos não podem morar com os vivos. Mas os mortos podem apontar caminhos para a prosperidade dos vivos e, principalmente, auxiliá-los a cumprir seu destino. É o que o fazedor faz ao entregar um ovo para o bebedor, aconselhando-o a "guardar o ovo como se fosse ouro", o que permite que ele e a esposa continuem a jornada carregando um alimento símbolo de fertilidade e prosperidade, associado ao orixá Oxum. Ela, segundo um de seus *itans*, teria salvado a humanidade da seca e da fome ao levar uma oferenda para o Céu depois de Olodumare ter castigado os homens, levando as águas da Terra para o Céu[16]. É com esse ovo que o bebedor, quem, no início

---

16 Esse *itan* se encontra no livro *Mitologia dos orixás*, de Reginaldo Prandi, sob o título "Oxum leva ebó ao Orum e salva a Terra da seca". Cf. Reginaldo Prandi. *Mitologia dos orixás*. São Paulo: Companhia das Letras, 2001.

da obra, vivia apenas para o próprio regozijo, alimenta uma comunidade toda, promovendo fartura para uma coletividade inteira, até que perde o controle da situação e encontra uma forma de afugentar o povo que vem atrás de alimento.

Mas seu caminho é seu caminho, que não se encerra em seus desejos individuais. Preocupado com a seca que ainda assola a cidade e os velhos que estão morrendo, o bebedor se junta aos anciões que estão vivos para pensar numa forma de dar fim à seca; assim, fazem uma oferenda para o Céu, alimentando-o para que volte a chover. A chuva, muito além de mero fenômeno da natureza, é compreendida como uma bênção, fertilizando a terra que permite a renovação da vida, pois também é detentora de *axé*. Com a oferenda feita, a seca finda, a chuva cai, e o bebedor de vinho de palma, o *Pai dos Deuses Que Podia Fazer de Tudo Nesse Mundo*, cumpre, enfim, sua missão, que não é, definitivamente, realizada de forma solitária.

Ao longo do livro, o que Tutuola parece mostrar em sua narrativa supostamente despretensiosa, a partir da jornada do bebedor, é como ninguém pode fazer de tudo neste mundo. A despeito das ideologias antropocêntricas e coloniais, que sustentam uma concepção de humano que não tem limites na exploração das riquezas naturais, a realidade é insondável e misteriosa, indo muito além do que nossos olhos são capazes de ver. No mundo, cada um tem seu caminho, mas só se descobre caminhando – e andando com fé. Como canta Dona Ivone Lara em "Se o caminho é meu",

> Se o caminho é meu
> Deixa eu caminhar, deixa eu
> Se o caminho for de pedras
> Sou eu que vou tropeçar

Se o caminho for de agruras
Eu que vou me amargurar
Se o caminho for de espinhos
Sou eu que vou me espetar
Se o caminho for de rosas
Eu que vou me perfumar.

Tutuola deixa, assim, o bebedor caminhar e tropeçar, lidando com espinhos e pedras de sua longa jornada em busca do seu finado fazedor de vinho. São os obstáculos, mudanças, imprevistos e encontros que perfazem sua caminhada, muito longe de ser uma linha reta, que lhe possibilitam acumular conhecimento e conhecer o mundo para além dos limites de sua fazenda cheia de vinho de palma. Tutuola, generoso como os mais velhos que compartilham suas histórias de vida, nos permite aprender com os erros e acertos, com o sofrimento e a alegria do Pai dos Deuses, sem deixar de beber vinho de palma, rir e dançar num mundo em que a *existência é* e nossos destinos não são brutalmente interrompidos.

FERNANDA SILVA E SOUSA é doutora em teoria literária e literatura comparada pela Universidade de São Paulo (USP), crítica literária e tradutora.

EDIÇÃO DE TEXTO Livia Deorsola e Ronaldo Vitor (posfácio)
PREPARAÇÃO Cristina Yamazaki
REVISÃO Huendel Viana, Karina Okamoto e Tamara Sender
CAPA Laura Lotufo
ILUSTRAÇÃO Gabriela Correia Cardoso (Amanara)

DIRETOR-EXECUTIVO Fabiano Curi

EDITORIAL
Graziella Beting (diretora editorial)
Laura Lotufo (editora de arte)
Kaio Cassio (editor-assistente)
Gabrielly Saraiva (assistente editorial/direitos autorais)
Lilia Góes (produtora gráfica)

RELAÇÕES INSTITUCIONAIS E IMPRENSA Clara Dias
COMUNICAÇÃO Ronaldo Vitor
COMERCIAL Fábio Igaki
ADMINISTRATIVO Lilian Périgo
EXPEDIÇÃO Nelson Figueiredo
ATENDIMENTO AO CLIENTE E LIVRARIAS Roberta Malagodi
DIVULGAÇÃO/LIVRARIAS E ESCOLAS Rosália Meirelles

EDITORA CARAMBAIA
Av. São Luís, 86, cj. 182
01046-000 São Paulo SP
contato@carambaia.com.br
www.carambaia.com.br

copyright desta edição © Editora Carambaia, 2024
© The Estate of Amos Tutuola, 1952
Publicado mediante acordo com a Tassy Barham Associates

Título original: *The Palm-Wine Drinkard and His Dead Palm-
-Wine Tapster in the Dead's Town* [Londres, 1952]

CIP-BRASIL. CATALOGAÇÃO NA PUBLICAÇÃO
SINDICATO NACIONAL DOS EDITORES DE LIVROS, RJ

T89b
Tutuola, Amos, 1920-1997
*O bebedor de vinho de palma : e seu finado fazedor de
vinho na Cidade dos Mortos* / Amos Tutuola ;
tradução e posfácio Fernanda Silva e Sousa.
1. ed. – São Paulo : Carambaia, 2024.
144 p. ; 21 cm.

Tradução de: *The Palm-Wine Drinkard*
ISBN 978-65-5461-068-1

1. Ficção nigeriana. I. Sousa, Fernanda Silva e. II. Título.

24-89269   CDD: 896.3323   CDU: 82-3(669.1)
Meri Gleice Rodrigues de Souza – Bibliotecária CRB-7/6439

ilimitada

FONTE
Antwerp

PAPEL
Pólen Bold 70 g/m²

IMPRESSÃO
Ipsis